Peter Oliver Greza, Anna Kontogiorgas, Daniel Schmitt, Marco Capitano, Christoph Schlemmer, Ann-Kathrin Brand, Franziska Braun, Marian Nothing

Tränen, Trauer und ein Trenchcoat

Andere Leute schreiben auch

© 2014 Peter Oliver Greza, Anna Kontogiorgas, Daniel Schmitt, Marco Capitano, Christoph Schlemmer, Ann-Kathrin Brand, Franziska Braun, Marian Nothing
Umschlag, Illustration: Anna Kontogiorgas

Herausgegeben von Peter O. Greza

Verlag: tredition GmbH, Hamburg

ISBN
Paperback: 978-3-7323-1533-8
e-Book: 978-3-7323-1534-5

Printed in Germany

Vorwort

Wer hätte gedacht, dass aus einer im Moment geborenen Idee einmal eine Anthologie entstehen würde? Ich jedenfalls nicht, und dabei bin ich auch noch dafür verantwortlich.

Aber ganz langsam, von Anfang an. Dieses Buch ist voll mit Texten von acht unterschiedlichen Leuten, die mindestens eine Sache gemein haben: Sie treffen sich regelmäßig im kleinen Kreis, um über ihre literarischen Ergüsse zu diskutieren. Diese einmal in der Woche stattfindende Veranstaltung nennt sich ganz simpel „Autorentreffen Tübingen". Ins Leben gerufen habe ich diese Treffen, weil mir irgendwann einmal bewusst wurde, wie schwierig es ist, anständige Kritik für die eigenen Werke zu bekommen.

Fortan traf man sich über einen Zeitraum von zwei Jahren hinweg immer wieder, las vor, kritisierte und freundete sich an. Während die Treffen ins Land gingen, kamen neue Schreiberlinge hinzu, andere verließen uns wieder. Irgendwann waren wir dann an einem Punkt angekommen, an dem wir uns sagten: „Hey, uns gefällt, was wir gegenseitig schreiben. Vielleicht gefällt es auch anderen?" Und so war die Idee dieser Anthologie geboren.

Die hier abgedruckten Texte sind so unterschiedlich wie die Menschen, die sie schreiben. Sie können sich beim auf Abwechslung einstellen. Wir haben Jäger, Schwaben, Elfen, Klaviere, Blut und noch viel, viel mehr.

Viel Spaß beim Lesen wünscht

Peter O. Greza

Inhalt

Anna Kontogorgias

Anna Kontogiorgas lebt in Tübingen und studiert dort Allgemeine Rhetorik und Anglistik. Sie schreibt seit ihrer Jugend Kurzgeschichten, Erzählungen und Romane, sowie gelegentlich Lyrik. Was sie am Schreiben fasziniert, ist die Schönheit der Sprache, die sie von klassischen Autoren wie Hermann Hesse und Oscar Wilde gelernt hat. Diese Faszination verarbeitet sie in ihren eigenen Werken und in ihrem eigenen Stil. Die hier abgedruckten Geschichten „Knochenmehl mit Zuckerwatte" und „Vernunft ist Nichts" sind mit Bewunderung und Dank an Alexander Kaschte entstanden.

Hemingway

„There is nothing to writing. All you do is sit down at a typewriter and bleed" - Ernest Hemingway

Ernest Hemingway sagte: Schreiben ist kein Kunststück. Du setzt dich einfach an die Schreibmaschine und blutest.

Ich sitze schreibend und ich blute meine Gedanken auf das Blatt, hinterlasse rote Flecken, rote Schlieren und Gebilde.

Ich blute meine Gedanken auf das Blatt und das Blatt blutet zurück, es füllt mich, mit Zweifeln und mit Wahrheiten und mit Augenblicken und mit neuen Gedanken.

Nichts wird jemals weniger.

Ich blute meine Gedanken auf das Blatt und in meinem Kopf herrscht Chaos. Es wird geschrien und gerempelt und ein jeder

Satz drängt sich hervor, will zuerst geschrieben, zuerst geblutet sein.

Nur wenige stemmen sich gegen den Strom, versuchen zu flüchten, wollen unentdeckt, wollen ungesagt bleiben. Verstecken sich im hintersten Kämmerchen meines Kopfes. Doch ich ergreife sie und zwinge sie hinaus. Dies sind die Gedanken die ich blute.

Denn die schreiende Masse ist banal und füllt meinen Kopf mit Lärm und Unterträglichkeit, ein unliebsamer Pulk von unverständigem Denkstoff. Sie drehen sich um das gleiche und immer gleiche, sie öden mich an, sie sind des Denkens nicht wert. Doch sie füllen meinen Kopf von oben bis unten, sie sind klein doch unzählig, sie sind geduldig; sie lassen sich nicht verdrängen. Diese Gedanken bestimmen meinen Alltag, doch sie bestimmen nicht mich, niemals mich.
Ich finde mich nur in den Gedanken, die sich verbergen, verschüttet, doch geborgen in den Bergwerken meines Kopfes. Ich grabe und ich berge sie, ich fördere zu Tage, was in die Nacht gehört. Ich bin bestimmt durch das, was ich aufgebe. Meine Bestimmung ist Verlust.

Ich blute meine Gedanken auf das Blatt und ich sehe, die Tropfen vermischen sich, sind selbstständig, selbst verständig, selbst verständlich. Sie formen mehr als ich je dachte, sie wachsen und winden sich, laufen zusammen und vermischen sich, oder was einander gehörte, trennt sich – eine Separation wie bei der Zellteilung.

Meine Gedanken sind mehr als ich und mehr als die Summe ihrer Einzelteile, sie sind mehr als Buchstaben und mehr als mein Blut.

Ich werde meinen Gedanken nicht gerecht und meine Gedanken sprechen Recht über mich und richten mich zugrunde.

In der Stille allein entfaltet sich die Menge der Worte, die Menge der Laute, die laute Stille. In der Stille allein klingt jedes Geräusch wie ein Knall und jeder Gedanke wie ein Schrei – er hallt wieder, prallt ab von stillen Wänden und kehrt zurück zu mir verändert – bereichert oder entstellt. In jedem Falle fremd.

Ich blute meine Gedanken auf das Blatt und sehe die ersten Tropfen trocknen, wie sich ihre Ränder schwärzen und wie ihr Geist entschwindet. Aufgesaugt vom Blatt verlieren sie an Frische und gewinnen doch so viel – gewinnen Dunkelheit, gewinnen Tiefe, gewinnen Ernsthaftigkeit.

Die trocknenden Tropfen tragen ihren Inhalt in die Tiefen des Blattes und die Form entflieht in die Luft, unaufhaltsam.

Das Blatt eignet sich mein Blut an, es frisst meine Tropfen, verschlingt meine Gedanken, lässt mich ausbluten, verbluten.

Das Blatt nimmt meine Gedanken und macht sie zu den seinen, es nimmt mir meine Guten Worte und lässt mich zurück mit all den schlechten, den banalen, gewöhnlichen.

Was gibt mir das Blatt zurück?

Das Blatt gibt mir Erkenntnis, gibt mir Entwicklung, Erlösung. Das Blatt lichtet das Chaos in meinem Kopf, löst die Blockade, führt mich aus Sackgassen.

Das Blatt erschafft Chaos in meinem Kopf, erschafft Barrikaden, die ich niederreißen muss.

Das Blatt und ich sind Freund und Feind.

Ich blute meine Gedanken auf das Blatt und das Blatt blutet zurück. Es entsaugt mir Inhalt und injiziert mir Erkenntnis. Woher nimmt das Blatt die Erkenntnis?

Ich blute meine Gedanken und blute und blute, doch wo bleibt die Erkenntnis?

Ich blute vergebens und ich blute mich aus, das Blatt saugt gierig alles was ich blute, saugt es auf und es verschwindet, hinterlässt keine schwarzgetrocknete Erlösung.

Das Blatt nimmt mehr als ich jemals bluten kann. Knochenmehl mit Zuckerwatte

Die glimmende Zigarette bildet die einzige Lichtquelle in unserem nächtlichen Schweigen. Die seidenrote Spitze der Kippe wirft einen matt-kraftlosen Schimmer auf Athanasias Haut, meißelt tiefe Furchen in ihr welterschöpftes Gesicht, ihr winterglattes Gesicht, ihr Wundergesicht.

Ich beobachte die kleinsten Bewegungen ihrer Nebellippen als sie sich wie liebend um den Filter schließen und kurzentschlossen den wärmenden Tod einatmen. Ihre zuckerwatteweichen Finger streifen kurz die meinen, zerfetzten, ledernen, als sie die Zigarette an mich weiterreicht, doch meine Augen sind weiterhin wie an ihrem Gesicht festgenäht. Wie ein Wasserfall, der stillvergnügt der Schwerkraft trotzt, fließt der Rauch aus ihren Lippen und ihr Gesicht hinauf, wo er sich in den Ozean ihres Haars ergießt. Eine vage Besorgnis macht sich in meinem Herzen breit, als ich meine eigenen bebenden Finger an den Mund hebe. Die Teerwolken in meinen Lungen regnen sich aus.

Lange Zeit ist das glühende Knistern der Asche das einzig hörbare Geräusch, erfüllt den Raum mit dem Flüstern von sterbendem Papier, von verfallendem Tabak. Als das Glimmen schließlich erlischt, fliehen Licht und Laut den Raum und hinterlassen nur den schal-fauligen Geruch von kaltem Rauch. In der Stille fühle ich, wie Athanasias kleine Hand nach meiner greift, Wärme umgibt meine lederne Haut. Meine Augen suchen ihre, doch finden nichts als samtene Finsternis.

Die raugrau verputzte Wand dringt mit feuchtkalten Fingern durch den Pullover an meine Haut. Im angestrengten Versuch, nicht zu zittern, fallen schließlich meine Augenlider zu und das letzte, was ich fühle, ist Athanasias Fingerkuppe, die sacht die Linien meiner Hand erkundet.

Aus schlafverklebten Wimpern blinzle ich in die Welt und die Welt blinzelt mit sonnennebligem Morgenlicht zurück. Erneutes Blinzeln bestätigt; ein leiser, schwacher Lichtstrahl fällt durch einen Riss in der Mauer in unser kaputtgeträumtes Refugium. Mein nächster Blick gilt Athanasia.

Sie döst noch, in die einzige noch intakte Mauerecke gezwängt, nah bei meiner Seite. Ihr rostrotbraunes Haar umfließt wie ein schützender Mantel ihr Gesicht, die leicht offenstehenden Lippen muten an, als singe sie einen Ton, den nur sie hören kann, einen irrationalen Traumton, zu überwältigend für menschliche Ohren. Meine Augen finden den Weg zu unseren Händen, noch immer verwoben, untrennbar scheinend, ein Möbiusknoten liebender Finger. Im scharfen, tief einfallenden Morgenlicht heben sich die Furchen, die Berge und Täler meiner zerschlissenen Hände umso deutlicher hervor gegen die blassweiche Perfektion von Athanasias Seidenhaut.

Ich beobachte sie traumverloren, bis die ersten Sonnenstrahlen ihr Gesicht streicheln und sie mit warmem Locken aus des Dämmerschlafes Schwere erretten.

Für einen Moment ist ihr Blick wie von Watte, ein weich-glückliches Kind, das aus dem schönsten aller Träume gern erwacht, wohlwissend, dass eine gleichauf beglückende Realität es erwartet. Eine bittersüße Enttäuschung fließt in jeden Winkel meines Körpers, als ihr Blick, sich klärend, die Wirklichkeit erfasst. Die lächerlichen Überreste unserer einstigen Wohnstadt bieten in der Tat einen ernüchternden Anblick. Schutt und Mauerbruchstücke, die den Boden bedecken, verschleiert vom im Morgenlicht tanzenden Staubschwärmen und die einstige Bedeutung dieser vier Wände scheint so unsagbar weit entfernt. Und doch – eine warme Welle von Zuneigung durchflutet mich – sind wir noch immer hier – zusammen – die Finger verwoben.

Zeitgleich erheben wir uns, die von der langen, trauerkalten Nacht steifen Glieder streckend und dehnend; Athanasia sortiert ihre Haarmähne mit vorsichtigen Handgriffen.

Verspannt gehen wir, die Schritte seltsam staksend, umsichtig und gleichmütig zugleich, durch die Ruine unseres Lebens, die doch nie die Ruine unserer Liebe sein kann, Wolken von Staub und Erinnerung aufwirbelnd. Knisternde Leere umgibt uns, durchbrochen einzig von einem zerborstenen alten Sessel, dessen Bezug in Fetzen liegt, dessen Federn bar jeder Spannung ihren Verfall erwarten. Durch die zertrümmerte Wand, die einst unser Schlafzimmer war, dringt ein Schwall kaltgelben Morgenlichtes, wie spöttisch, und wirft seine ungnädigen Strahlen auf die Polsterleiche.

Als ich in die Schneise trete, die das Licht in die blassgraue Dämmerung des Raumes schlägt, durchflutet unvermittelt eine Welle von erstickender Panik meinen Körper. Ein Ziehen im Magen, so schmerzhaft und unmittelbar, als sei er in Benzin getränkt und entzündet worden, lässt mich gehetzt zu Athanasia herumfahren, der Atem hastend, rastlos wie ein aufgescheuchter Spatz.

Sie starrt mich an, wie gefroren, und durch die rotglühenden Tränen, die meine Lider bis zum Rand erfüllen, erkenne ich, wie ihre Miene von Verwirrung zu Besorgnis zu Angst gleitet.

Ich folge ihrem starren Blick, der auf meiner Brust ruht, und entdecke den dunkelfeuchten Fleck, der sich seinen Weg durch jede Faser meines Oberteiles bahnt. Wie betäubt hebe ich die Hand und betaste ihn. Meine Finger leuchten mohnrot. Mir wird schwindlig. Ich spüre noch von Ferne, wie meine Knie hart und schmerzhaft auf schuttbedecktem Boden aufschlagen – Athanasias Hände um meine Schultern, die mich halten – Schwärze.

Im Erwachen bin ich von angstvollem Zittern erfüllt, das mit dem Öffnen der Augen einer überbordenenden Welle von zärtlicher Erleichterung weicht. Athanasia, neben mir am Boden kauernd, hebt meine Hand, die sie umklammert hält, an ihren Mund und bedeckt die Haut mit tausend Küssen. Heiße Tränen quellen aus meinen schwer verquollenen Augenlidern, als sie flüstert: „Du bist aufgewacht, Gott sei Dank, Gott sei Dank, du bist wach."

Ich nicke vorsichtig, benommen. Eine nagende, brennende Angst nistet noch immer in meinem Herzen, also hebe ich mühsam meine freie Hand und lege sie sanft an Athanasias Wange.

„Sorg dich nicht", bringe ich krächzend hervor, „es geht mir gut."

Sie lacht leise unter Tränen.

„Du weißt, dass das nicht stimmt", flüstert sie, „Du hast auch Angst."

Ich nicke. Welchen Zweck hat es schon, das zu leugnen.

Sie legt mit großer Vorsicht ihre Hand auf meine Brust, die, wie ich jetzt sehe, bis auf den Verband bloß ist. Der blutbefleckte Pullover liegt zerrissen unter meinem Oberkörper. Athanasias Finger liegen federleicht auf dem Verband, das getrocknete Blut schwarz verkrustet. Ich weiß nicht, wie, aber sie hat die Blutung gestillt.

„Du hast geträumt", sagte sie nun, die Stimme halb erstickt, meinen Blick suchend, „solch fieberhafte, schwere Träume. Erfüllt mit unendlicher Angst. Eiskalter, versteinernder Angst. Und immer, immer, immer wieder Liebe. So viel Liebe."

Ihre Augen schwimmen in salzigem Nass, als sie sich herabbeugt und ihre samtweichen Lippen fest auf meine presst. Ein Schwall heißbrennender Liebe durchströmt auch mich, spült in jeden Winkel meines Geistes und ertränkt die Furcht und all den Schmerz. Athanasias Haare streicheln meine nackte Haut und als ich meine Hand in ihren Nacken lege, glaube ich mein Herz müsse zerbersten vor lauter Sehnsucht.

Sie löst sich von mir und die seltsam hellen Augen in ihrem vor Sorge äschernen Gesicht wandern zu ihrer Hand, die noch immer auf meiner Brust ruht.

„Hey", sagt sie, „Ich hab es dir anvertraut, und jetzt musst du gut darauf acht geben, okay?"

Ich zwinge meine Lippen in ein schwaches Lächeln.

„Ich tue, was ich kann."

Sie nickt und lächelt ebenfalls, während sie mit ihren langen Fingern durch mein Haar streicht.

Und doch – Weit hinter all der zärtlichen Besorgnis und der vorsichtigen Erleichterung spüre ich einen schmerzhaften Stich leiser Zweifel.

Ich schlucke schwer und starre Athanasia an. Ich sehe wie Schock und Enttäuschung sich langsam auf ihren feinen Gesichtszügen abzeichnen. Fahrig greift sie nach meinem Handgelenk.

„Was ist?" Ihre Stimme ist nichts als ein heiseres Flüstern.

„Du zweifelst an mir!", bringe ich mühsam hervor, „Wie kannst du bloß zweifeln?"

Zum Glück erkennt sie rasch, wie zwecklos es ist, zu leugnen. Sie beißt hart auf ihre Unterlippe und Schuldgefühle beginnen in mir zu brennen.

„Es ist nur...", flüstert sie, „es muss doch einen Grund geben, warum du so schlecht heilst..."

Ihr Blick wandert wieder zu meinem blutbefleckten Verband.

„Es kommt mir vor, als wiesest du mich zurück."

„Athanasia!"

Ich setzte mich ruckartig auf und strahlend weiße Glut durchflutet meine Brust, doch ich ignoriere sie und ergreife Athanasias Schultern mit beiden Händen.

Wie verzweifelt ich mich in diesem Moment danach sehne, die Wut spüren zu können, die, wie ich weiß, heiß durch ihre Adern rinnt. Doch nichts als unendliches Schuldgefühl und ein beißendes Gewissen finden sich in meinem Herzen.

„Athanasia", zische ich erneut, „die Reaktion meines Körpers auf dein Herz hat nichts , nicht das Geringste mit meinem Geist zu tun. Horch in dich hinein und sag mir, ob du dort den geringsten Anlass für deine Eifersucht findest! Sag mir, dass du dort etwas anderes findest als bedingungslose Liebe!"

Tränen lassen meine Sicht verschwimmen, als sie den Kopf schüttelt.

„Es tut mir so leid", flüstert Athanasia. „Lilith, vergib mir. Ich will nicht an dir zweifeln. Ich zweifle nicht an dir."

Ich nicke langsam, und spüre, wie Erschöpfung von mir Besitz ergreift, als ich mich wieder auf die Erde gleiten lasse.

Noch von Ferne höre ich Athanasias Stimme, ohne sie verstehen zu können, dann reißt mich die Ohnmacht in ihre Tiefe.

Aurora

Wie ein Tor steht der Riese
die Nadeln gesträubt
das singende Leuchten
versengt den Verstand

Fetzen wie Watte
hetzen am Himmel
auf ewiger Flucht
beachten ihn nicht

Speere aus Licht
tief in die Zweige
das Flüstern der Wellen
klingt endlos entfernt

Nachtluft die knistert
ein brennender Windstoß
die Luft schmeckt nach Eisen
am Abgrund des Himmels.

The Science of Rejection

The voice inside my head is mocking me
to the rhythm of the music
that vibrates against my skin.
I feel all words shattering upon my lips
the syllables turn to rubble
between my clattering teeth.
As my knees give out from under me
the floor embraces me
and drinks my tears
patiently
comfortingly
stoically.
My lungs contract and air becomes a stranger
as I yearn for the bliss of sleep
or coma
or death
or darkness without end.
Then the pain brings both calm and unbearable tempest,
and exhaustion sets upon me
like the deepest seas upon a shipwrecked child.
And my shoulders shake
as if relieved of a great burden,

yet I feel it weighing me down still,

unabling me to move, to breathe,

to exist.

When I finally retrieve myself from the bottom of the ocean,

my lungs ache, yet my gaze is steady.

I hold my own hand, since I'm the only one who will,

and somehow I don't mind when you call me kid.

Vernunft ist Nichts.

Eines Nachts saß Samuel auf der Veranda, um die Sterne zu betrachten. Und er bemerkte, dass sich immer mehr Motten um die funzlige Glühlampe über ihm scharten. Helle, dunkle, braune und rötliche Falter tummelten sich um den Lichtschein, selbstvergessen, ihre rasch schlagenden Flügel warfen ein Schattenspiel auf ihn, dessen Inhalt er nicht erahnen konnte. Ihr Flattern, ihr Rascheln lag wie ein weit entferntes Flüstern in der Luft, ein Flüstern ohne Worte, das einzige Geräusch in der nächtlichen Stille.

Wie Samuel sie so beobachtete, bemerkte er jedoch, dass gelegentlich eine von ihnen, die sich zu nah an die heiße Birne herangewagt hatte, versengt zu Boden taumelte. So auch nun, da segelte eine hell gefärbte Motte hinab, mit versengtem Flügel, schwirrte, desorientiert, und landete schließlich auf seinem nackten Unterarm.

Sachte hob er ihn an, langsam, bis vor sein Gesicht, spähte in die käferschwarzen, runden Augen, inspizierte den verwundeten Flügel aus vorsichtigem Abstand.

„Das ist es, was ich nicht verstehe", sagte er vor sich hin, „Warum fliegen Motten immer in das Licht?"

Die Motte zuckte kurz mit ihren Fühlern und legte den Kopf schief.
„Wenn du dich das noch wirklich fragst", sagte sie, „dann scheint's, du dachtest nie darüber nach."

„Nie darüber nachgedacht? Was willst du damit sagen?"

Die Motte rieb ihre Vorderbeine aneinander. Ihr verletzter Flügel stand leicht von ihrem Körper ab.

„Menschen, ihr vernunftbegabten Wesen, wie ihr euch gerne nennt, seid so weit vom Tier doch nicht entfernt. Nennt euch die

Herrn der Schöpfung, doch: was ist's denn was euch von uns trennt? Seid so vernunftbegabt doch nicht, rennt off'nen Aug's in jede Falle. Ihr lebt nach einzigem Gesetz, wie wir: Vernunft ist nichts, Gefühl ist alles."

Samuel runzelte die Stirn. „Bisher hab ich noch keinen Menschen mit off'nen Armen in die Flammen laufen sehen."

„Dann schaust du nicht richtig hin." Die Motte keckerte leise. „Seid so blind, trotz eurer großen Augen, dass ihr, was vor euch liegt, nicht seht. Widersprich nur, Menschenwesen: Hast du noch nie des Nachts dein Bett gescheut, obgleich du wusstet, der Morgen kommt zu früh? Hast du noch nie in seliger Berauschung des nächsten Tages Schmerzen gern in Kauf genommen? Hast du noch nie die Blicke schweifen lassen, suchend, durch die Menge, verlangend nach dem Wesen, das zu verlangen dich nur schmerzt? Sag, hast du nie in deinem Leben einen Sprung ins Ungewiss getan, in glückseliger Ignoranz der sich anbahn'nden Folgen?"
Samuel senkte den Blick, strich mit der freien Hand über sein Kinn.
„In der Tat, das habe ich, gleich wie wohl jeder and're auch. Doch sind dies triviale Dinge, die keinen wahren Schaden bringen, kaum zu vergleichen damit, den Leib sich zu verbrennen, weil man dem lockenden Licht nicht widerstehen kann."

„Was du trivial nennst, ist für andere das Wichtigste. Doch wenn es dir in diesen meinen Hinweisen noch mangelt, an Gewichtigkeit und Lebensernst, so will ich sie dir bieten: Horch!

Hat denn noch keiner deiner Rasse seinen eig'nen Tod gesucht, auf der Flucht vor einem kleinen Schmerz den großen hinzunehmen? Hat noch keiner deiner Rasse für den Götzen Wissenschaft eine Waffe je entwickelt mit unberechenbarer Kraft, die doch immer nur den anderen zu Schaden sein sollte, und doch, wie unvorhersehbar, der ganzen Menschheit dräute? Und hat noch keiner deiner Rasse, in allen Teilen dieser Erde, deren Milde, Kraft und Vielfalt das Leben ihnen schenkt, die Schreie ihrer Pein und ihrer Qualen überhört?

Du schweigst?

Kannst du mir hier nicht widersprechen, oder will es dein Gewissen nicht, dann erlaube mir noch, dass ich deine eig'ne Frage an dich richt: Auch der Mensch ist nur ein Tier, vernunftbegabt ist nichtig. Also beantworte dir selbst: Warum fliegen Motten immer in das Licht?"

Ann-Kathrin Brand

Ann-Kathrin Brand studiert Psychologie in Tübingen und war eine der ersten, die sich mit Peter Oliver Greza im Autorentreffen zusammengefunden haben. Durch ein Poetry-Slam-Seminar kam es zu dieser schicksalhaften Begegnung. Geschrieben hat Ann-Kathrin Brand allerdings schon vorher. Leider ist sie nicht sehr gut im Schreiben von Vorstellungen, weswegen das jemand anderes übernehmen musste.

Verendeter Kram

Keiner hier kümmert sich darum. Es hängt in den Ecken des Zimmers wie Spinnweben, leicht im grellen Tageslicht schillernd, hauchzart versponnen, sonst unsichtbar, als wär's Nichts. Wie eine Brise aus Luft bei Berührung, nur klebriger. Aber eigentlich berührt es Niemand. Niemand denkt daran. Es ist ja nur da, bedeutungslos. Begonnenes, nie Beendetes, zu fein Gemahlenes um festgehalten zu werden, Überhörtes, Unangenehmes, Aussortiertes, nutzloser Kram, Gedanken die es nicht wert waren ausgesprochen oder nur gedacht zu werden, die sich vielleicht auch nicht trauten, geflohene und versteckte.

Leise, fast lautlos schwingt es mit der Stimmung im Raum, fügt sich jeder Bewegung, beugt sich mit dem Surren der Fliege, die kräuselnde Bahnen zieht, ziellos, ohne Absicht schwirrt sie, schwirrt und schwirrt, bis sie mit einem alles verschlingenden Pflob abrupt abbricht. Sie ist im Netz. Bildet einen kleinen schwarzen Fleck an der Wand und ich sehe sie zappeln. Bald wird sie kraftlos, doch Keiner kümmert sich darum.

Wir kommen und gehen und bleiben manchmal, treffen uns kurz oder lang, verfehlen uns auch gelegentlich. Müll liegt rum, Schlieren aus abgebrochenen Sätzen und Worten, die einst aus

Gesprächen schlichen oder fielen, verheddert verendet, umschlungen und geballt, manche schon ganz angelaufen oder gelb beschichtet, etwas gammelig, aber eigentlich riecht man nichts.

Es juckt uns auch nicht, ja wir vergessen es manchmal sogar so sehr, dass wir darüber stolpern. Das ist uns natürlich etwas unangenehm, doch solange wir allein sind, ist's egal.

Wir fangen uns gleich oder stehen wieder auf.

Gut, vielleicht stöhnen wir mal, doch was wir sagen, wird gleich zu Schlieren, die sich im Dreck verfangen, bis wir sie abreißen und verlieren, als wär's nichts. Dann gehen wir weiter, immerfort. Keiner hier kümmert sich darum, außer es war mal wichtig, aber im Grunde kümmert sich auch dann keiner darum, außer der, dem es wichtig war, aber - wer kümmert sich schon darum.

Abends sitzen wir vorm Sofa, denn da ist noch Platz, und wir atmen dünne Rauchschwaden aus und ein. Wer damit anfing, vergas ich, genauso wie das weiche Polster und den blumigen Bezug hinter uns. Wir sind am Boden und schauen in die Luft, an allem vorbei, suchen sie irgendwie, denn wir können sie nicht fixieren, also fixieren wir Nichts. Einfach Nichts. Doch durch das Nichts sehen wir Müll.

Sogar die Gäste schauen schon darauf. Ich spür 's. Im Grunde sehen wir's doch alle. Keiner ist mehr richtig da, alles verschwindet im Dreck, hinter Haufen, voll und zäh und juckend und stinkend. Alles, außer die Haufen selbst. Schwer und leer sind wir irgendwo Nichts, sind Fliegen in unserem Netz. Wir kommen und gehen ganz dünn, leicht im grellen Tageslicht schillernd, hauchzart versponnen, sonst unsichtbar, wie eine Brise aus Luft. Keiner hier kümmert sich darum.

Warum der Himmel so rot ist

Warum der Himmel so rot ist, hatte sie sich einmal gefragt. Warum er so rot ist, und niemand es bemerkt.

Nur in der Nacht ist es zu sehen, wenn man aus dem Fenster blickt und alle Lichter erloschen sind, wenn die Straßen sich gelehrt haben und Menschenseelen fern sind, wenn die Stofffetzen, die an den Wäscheleinen hängen, quer über die Gassen gespannt, mit dem Wind zu treiben beginnen und langsam ihre Leinen vergessen. Damals hatte sie das Radio angestellt und auf Nachrichten gewartet, Nachrichten von Chemielaboren, deren Panschereien zum Himmel aufgestiegen waren, von Fabrikausdünstungen, giftigen Gasen, einem Meteoriden, der sich unerwartet der Erde genähert hatte. Man möge es für abwegig halten, dies nicht vor dem Ernstfall zu bemerken, aber vielleicht hatten sich die Wissenden ja längst schweigend verzögen, mit der Absicht eine Massenpanik zu vermeiden.

Stattdessen nur schlechte Musik, die Vorstellung eines Romans, Verkehrsnachrichten. Sonst nicht viel Neues.

Sie war doch auf alles gefasst gewesen, wegen ihr hätte das Radio auch nur ein Rauschen von sich geben können, ein monotones Rauschen wäre mehr gewesen, als diese Bequemlichkeiten.

Sie knipste das Licht ein weiteres Mal aus, um sich ihrer Wahrnehmung zu vergewissern. Der Himmel war rot, ein düsteres Rot, das sich auf dem schneebedeckten Asphalt fing.

Waren die Menschen hier denn so ignorant? Oder beschäftigt, dass ihnen das nicht auffiel? Schliefen sie denn alle?

Das Radio krächzte noch immer seine Musik, irgendwas aus den Siebzigern.

Es konnte doch nicht sein, dass alles an ihr hing, sie die erste und einzige war, die etwas bemerkte.

Sie könnte jemanden anrufen, oder besser, den Hörer griffbereit haben, für den Notfall, hatte sie gedacht. Sie könnte natürlich auch einfach auf den nächsten Morgen warten. Möglich, dass da noch einer kam. Sie könnte ja auch verrückt geworden sein.

Wäsche waschen

Er sagt auf Wiedersehen, als wir uns verabschieden. Ich bin kaum sicher, was ich will, denn ich denke an eben und die nicht enden wollenden Wortreihen, mit denen wir uns beim Essen aus Versehen bespuckt haben, weil wir dachten, wir hätten was zu sagen nach all der Zeit, weil alles so wichtig war, was auch immer alles umfasst, weil Zuhören uns schwer fällt bei dieser Aufregung.

Ich bin so fertig, als wäre ich die ganze Strecke zum Bahnhof gerannt, nur um den Zug dann doch zu verpassen. Im Ganzen erscheint das vielleicht sinnlos, aber dort bin noch ich lange nicht angekommen. Die Spucke klebt an mir und ich gehe nicht ernsthaft Versuche im Kopf durch, wie ich sie anpacken soll, sondern beschließe mich gleich umzuziehen, danach was zu kochen. Ich löffle die Zukunft in meinen Mund, um endlich satt zu werden, bis ich bemerke, dass ich gar keinen Hunger habe, das Zeug wegschiebe.

Neben dem Kleiderständer steht der Wäschekorb, mein Wäschekorb und er ist mir unangenehm, sodass ich ihn packe und in den Waschkeller trage. Auf dem Weg drückt er sich an meine Brust, windet sich um mich mit seinen knittrigen Ärmeln, will mich täuschen, aber ich bleibe hart.

Unter der Gewölbedecke schlägt er vor, es uns gemütlich zu machen, er hätte Zeit und Wein und Kerzen eingepackt, irgendwo in ihm müssten auch ein Kissen und eine Decke sein. Ich bin verführt, denn mir ist kalt und er ist liebenswürdig - ich jedoch völlig verrückt und greife in ihn, packe zu, stopfe alles in die Maschine.

Mit einem Ruck auf Knopfdruck geht sie los, Wasser strömt, als würden Tränen fließen.

Die Sauberkeit macht mich traurig.

Christoph Schlemmer

Christoph Schlemmer wurde in einer finsteren Nacht am 7. April 1991 auf einem Schloss in Neufra auf der Schwäbischen Alb geboren. Die ersten Jahre seines Lebens verflossen wie Wein. Bis zu jenem Tag im Jahre 2011; jenem Tag, an dem Christoph in der Kneipe Zum Tapferen Freikorps auf einen Freund für's Leben traf. Mit diesem Freund machte er es sich fortan zur Lebensaufgabe, die Abenteuer des Richard Gordon schriftlich festzuhalten. Im selben Jahre 2011 begann Christoph zudem ein Studium der Geschichtswissenschaft und Philosophie in Tübingen, welches ihn bis heute am ungestörten Schreiben hindert.

Aus dem Leben des Richard Gordon

Der IQ Test

Eigentlich wollte Richard Gordon nur eine Routineuntersuchung bei seinem Arzt machen. Nach vielstündiger Wartezeit in einem zwei auf zwei Meter großen Wartezimmer, ohne natürliches Licht und Luftzufuhr und mit 66 anderen Patienten, kam er endlich dran. Schweißgebadet kämpfte Richard Gordon sich durch den Haufen der Wartenden so wie sich ein Kind im IKEA aus einem Plastikballschwimmbad zu befreien versucht und doch immer wieder untergeht, bis es schließlich die Kraft verliert und langsam auf den Boden des Kugelaquariums sinkt, wo es sich durch Druck und unter Luftabschluss langsam zu Babyöl verwandelt. Nachdem Richard Gordon bis zur Tür geschwommen war, konnte er endlich aus dem Wartehades entfliehen.

Herr Prof. Dr. Dr. Linsenbrühe e.V., ein kleiner Mann mit viel zu langen Armen und viel zu kleinen Füßen, saß über seinen Schreibtisch aus echtem Robbenfell gebeugt. Mit der linken Hand hielt er ein Glas Brandy, mit der rechten versuchte er etwas niederzuschreiben. Die Kamelhaardecke aus einem pakistanischen Sweatshop bedeckte den gesamten Oberkörper des Mediziners.

In einem Mundwinkel steckte eine dicke kubanische Zigarre, im Anderen klebte eine Pfeife. Beim abwechselnden Ziehen an Zigarre und Pfeife entstand ein Geräusch, das nicht unähnlich dem einer gerade anfahrenden Dampflokomotive der Baureihe 52 mit leichtem Überdruck im linken Zylinderkopf war.

Dr. Linsenbrühe murmelte noch ein „verfickte Kassenpatienten, irgendwann schieß ich die alle über den Haufen!", bemerkte dann aber den neu eingetretenen Gast und stellte auf jovialen Gemütszustand um, was ein leises Klicken verursachte.

„Ein wunderschönen Guten Morgen Herr…"

„Mein Name ist Gordon, Richard Gordon! Außerdem ist es nicht mehr Morgen! Es war einmal Morgen! Aber nun haben wir es zwei Uhr Nachmittag und ich hatte nur ein verdammtes Butterbrot zu Mittag!"

„Fick dich du Kassenpatient! Hast du die 666 Euro Praxisgebühr dabei, die ich dir gleich aus deinen dreckigen Hosentaschen saugen werde?"

Richard Gordon hatte plötzlich keine Lust mehr auf einen IQ Test und zog seine durchgeladene M16. Er stellte auf Dauerfeuer und noch ehe der Quacksalber seine PAK in Position bringen konnte, feuerte Richard Gordon einen Stoß aus dem Maschinengewehr. Der kurze Aufschrei des Arztes wurde von einem letzten tiefen Dampflokatemzug (diesmal ohne Überdruck im Zylinderkopf) begleitet, dann herrschte Stille. Richard Gordon wischte sein Baby ab, steckte es sich wieder in seine Manteltasche und ging zu dem toten Internisten. Er stieg über den Robbenfellschreibtisch, sprang neben die Leiche und bückte sich langsam zu ihm hinunter. Mit angewidertem Gesichtsausdruck nahm Richard Gordon die Zigarre und sprach zu sich: „Eine Schande, dass so ein gutes Stück Tabak in so einem dreckigen Maul stecken darf."

Daraufhin zerbröselte er den Zigarrenstummel in seiner linken Hand und stopfte die Reste in des Arztes Ohren. Zuletzt räumte Richard Gordon alles von Wert aus dem Schreibtisch: Robbenfelle, Bargeld, Essensmarken für Kaviar, einen Nasenhaarentferner für Astronauten und drei hartgekochte Fabergé Eier. Dann wandte er sich zum Gehen. Dabei viel ihm ein, dass er das Wichtigste vergessen hatte. Schnell durchwühlte er seinen dunkelgrauen Trenchcoat und zog sodann ein kleines Büchlein aus der dem Mantel. Er drehte sich mit einer Bewegung zum am Boden liegenden Ex-Doktor und blätterte etwas im Büchlein herum, bis er scheinbar das Richtige gefunden hatte. Richard Gordon räusperte sich, nahm eine lässige Haltung an und lachte kernig. Daraufhin schaute er noch einmal verstohlen in sein Büchlein und sagte mit tiefer und fester Stimme, die aber dennoch einen gewissen Witz beinhaltete: „Meine Diagnose: Natürlicher Tod durch unnatürliche Einwirkung!" Richard Gordon schaute mitleidig auf den verendeten Hilfslateiner, spuckte aus und ging langsam aus dem Zimmer.

„Verdammt noch mal, der Spruch war so was von beschissen, ich muss mir erstmal die Zähne putzen!" Diesen Satz fand Richard Gordon qualitativ hochwertiger und so beschloss er, fortan seine letzten Worte selbst zu verfassen und sich nicht mehr auf das kleine rote Buch zu verlassen. Beim verlassen der Klinik legte er noch die Sekretärin flach, erschoss sämtliche Wartenden in der IKEA-Folterkammer und sprengte die gesamte Klinik. Danach genehmigte er sich erst einmal ein Raketeneis. So etwas hatte Richard Gordon stets im Kühlfach in seinem Trenchcoat mit dabei.

Welche nun die weiseste Schlussfolgerung aus dieser Anekdote ist, kann man beim besten Willen nicht sagen. Vielleicht ist es die: Tötet alle arroganten Chefärzte! Vielleicht ist es aber auch eine ganz andere, eine, die viel tiefer sitzt und nur nach jahrelangem Studium des vorliegenden Textauszuges herausgearbeitet werden kann. Deshalb geht an Sie der folgende Arbeitsauftrag:

Arbeiten Sie die Kernpunkte des Textes heraus uns stellen sie diese in Zusammenhang mit dem Gesamtwerk.

In welcher Situation befindet sich Richard Gordon? Verfassen Sie einen Brief Gordons an seinen Vater Hasso von Ruggenhammer, in dem er diesem von seiner derzeitigen Lebenssituation und den schwierigsten Jahren seiner Mutter berichtet.

Gewertet wird natürlich wie immer das gesamte der erbrachten Leistung, wobei die erste Aufgabe eigentlich niemanden interessiert und nur ein Lückenfüller ist. Erwartet wird ein Textumfang von etwa 6×10^{23} Worten.

Die Nacht der lebenden Schwaben

Ein kleines, nach Landluft, respektive Kuhmist duftendes Dörfchen in einem einsamen Tal auf der weiten Schwäbischen Alb.

In der Dorfkneipe Gasthaus Zur Goldenen Krone hat sich die High Society der politischen Meinungsbildung des Fleckens zusammengefunden. Das ehrwürdige Gasthaus steht schon solange im Ort, dass manch ein Bewohner glaubt, der „Herrgott" selber habe es dort hingestellt. Dabei war es der Architekt Pfleiderer, welcher sich nicht jeden Morgen in das Nachbardorf quälen wollte, um sich seinen wohlverdienten vormittäglichen Rausch an zutrinken. Seit jedoch der erste Buchstabe an der Hausfassade abgefallen ist, hat die nun mehr zum „...asthaus" degradierte Goldene Krone etwas an Glanz verloren. Ein Zustand, welchen die Stammtischrunde um den Karle-Bauer nie erfahren musste, da ihnen der Glanz bereits bei der Geburt mit samt der Nabelschnur entfernt wurde.

Karle, dr Ottmar, Hans-Dieter, dr Underbeck und Feuerwehrhauptmann Schlottermaier haben soeben die fünfte Runde Ranzelfinger Klosterbräu anschreiben lassen, als einem der Männer die auf dem Tresen liegende und von Bier durchtränkte Lokalzeitung – Der Alb-Bote – auffällt. Dies lässt ihn nicht nur daran denken, dass er seine eigene Zeitung trotz des Gewitters in der Nacht zuvor noch nicht aus dem Briefkasten geholt hat und diese nun in etwa die selbe Konsistenz haben dürfte, wie jene auf dem Tresen. Denn Karle, der Vollblut Hobbypolitiker, Gemeinderat und Freizeitrassist, denkt beim Anblick einer Zeitung auch stets an die aktuelle Weltlage.

Hans-Dieter, seit Jahren arbeitslos aus Überzeugung, bemerkt die Konzentration, mit welcher dr Karle-Bauer auf die Zeitung stiert.

„Jetzt Karle, wa isch au mit dir los. Musch wieder polidisiera?"

„Schwätz koin Bepp Hans-Dieter. Du woisch doch, dass grad wieder ganz vill los isch uff dr Welt"

„I wois bloß ois gwies" wirft Adolf Schlägele, der bis zu seiner Pensionierung Bäcker im Unterdorf war und daher in der illustren Runde nur dr Underbeck genannt wird, ein „dei Bier wird ed besser, wenn da's standa losch!"

„Gwies wohr!" pflichten sowohl Ottmar Radzischeck und Feuerwehrhauptmann Schlottermaier bei.

„Reacht hosch! Aber irgendwie find i des älles bedrohlich – mit dene Schwule!"

„Wa isch los?"

„Wia kommsch jetzt du au auf Schwule Karle – heit war doch was ganz andres in dr Zeiding!"

„Ha woisch, des loht mi nemme los, seit i do mol im Fernseha was drieber gsea han! Wa die so machad."

„Morum – wa machad dia denn so. I moin..."

„Ha woisch" erhebt Karle die Stimme zu einer Grundsatzerklärung „I be jo an tolleranter Mensch – i han jo sogar mol n Türk bei mir im Stall schaffa keht! Aber des fend i oifach et normal. Morum machad dia des?"

Hans-Dieter blickt von seinem beinahe schon wieder leeren Ranzelfinger Klosterbräu auf und meint zurückhaltend: „Sagat a mole. Des isch scho granadamäßig wa di machad – des däd i au gern mol doa!"

„Häääääää – schbinnts dir! Wa widd du macha!"

„Ha wissadr, so nackad rumschbringa und da ganza Dag nackad bada, des isch scho saumäßig!"

„Saumäßigb bled isch des – ond du au Hans-Dieter. Wa schwädsch denn du fir an Scheißdregg raus du Grasdaggel! Des sind doch die Exorzischda, die nackad rumschbrengad! Dia Schwule..."

„Homosexuelle hoißt des jo auf Neideitsch!"

„Domms Gschwätz – schwul sind die älle zema!"

„Jo, woisch Hans-Dieter, dia Schwule, die machads da ganze Dag – mitanander!"

„Wa machad dia??? Di sind jo verruckt – des goht doch gar et, oder hend di no au no schwule Fraua?"

„Sag au Hans-Dieter, bisch du bled oder hot dir oinr in da Grind gschissa. Kapiersch du des etta! Die machads da ganze Dag mitanander – die Männer mitanander!"

Hans-Dieter guckt beschämt in sein geleertes Bierglas und träumt davon nackt über weiße Sandstrände zu laufen. Während dessen spricht Ottmar nun auch das Thema an – in seiner typisch schweigsamen Art bricht er mitten in die Konversation ein und wirft ein Brocken von Satz zwischen die Diskutanten: „Dr Pabschd hot jo gseit, di währad scho reacht!"

„Wer?"

„Ha die Homos!"

„Des hot der alde Polacke gsait?"

„Wa hoißt do Polacke – des isch doch jetzt so an Lateiner odr?"

„Ha Ladein kennet dia doch älle do im Vatikan – do schwätzad se doch au no mit annand so hochgschdocha!"

„Schwätz et bled. Des isch an Argentinier – vo Sidamerika!"

„So weit weg, mo holad dia bloß immer so komsiche Leit her?"

„Sag a mole Ottmar – wa hott denn der Papschd jetzt gseit?"

„Ha, dass dia Schwule scho reacht send!"

„Ha, wenn der's sagt, noche stimmts au"

„Der hot jo immer Reacht!"

„Abr bloß wenn er's vo seira Kirch ra seid!"

„Wia vo dr Kirch ra? Saga a mole Hans-Dieter, wia soll denn des gau?"

„Wa woiß denn I? Aber des sagat se doch immer, der muss des vo seira Kathedral ra saga, no isch r „unfehlbar"!"

„Und do muss der uff sei Kirch nuff?"

„Älles Bledsinn – ihr Rindviecher!"

„Ha du wirschs jo wissa, Ottmar – dei Bruadr isch jo au so an Heiligr!"

„Und du bisch an Heilandsseggl Underbeck. Wenn dr Pabsch reacht hot, no sait er des „ex cathedra", des hoißt, der sitzt uff seim bsondra Stuhl und liest äbbes vor!"

„No stoht der jo no etta uff dr Kirch doba?"

„Noi H-D, morum au, der isch jo au koin Imam!"

„Gwies wohr – an Bombaleger isch r gwies koiner!"

Die Diskussion sollte noch einige Stunden weitergehen und über dem kleinen Ort auf der Alb ging die Sonne unter, die Sterne standen hoch am Himmel, so sie nicht um Hans-Dieters Kopf kreisten, als er – sternhagelvoll – seinen Wagen aufschloss um die dreihundert Meter nach Hause zu fahren. Als er jedoch das Autoradio anwarf, nahm das Schicksal seinen Lauf. Aus kosmischen Gründen strahlte der Sender in jener Nacht die Beach-Boys in den Äther und so erinnerte sich Hans-Dieter wieder an seine Verwechslung von FKK und Homosexuellen – in seinen trüben Augen immer noch das Selbe. Und auch wenn er als „anständiger Mann" sich niemals nackt am Strand gezeigt hätte, sondern nur stets betonte, es irgendwann einmal allen zu zeigen, dass er es konnte, so war die Verlockung in seinem momentanen Zustand einfach zu groß.

Keine drei Häuser vor seinem Eigenen hielt er quer auf der Straße seinen alten Wagen an, wendete ihn mühselig und fuhr hinaus zum Baggersee – einige Kilometer das Tal hinunter.

Hans-Dieter fuhr nicht über die Landstraße. Hinter dem Neubaugebiet folgte er dem Fahrradweg nach Bollingen. Links standen hohe Fichten dicht an dicht auf einem Boden, welcher von unzähligen Nadeln überlagert war – kein Leben regte sich darauf. Rechts hingegen, wo hohe Wiesen den Weg säumten, war auch zu dieser späten Stunden das Leben noch nicht zur Ruhe gekommen. Doch Hans-Dieter hatte dafür keine Augen, denn er war beschäftigt genug, den Wagen auf dem schmalen Weg zu halten und nicht in die sumpfige Wiese zu abzudriften. Weiterhin von den Beach-Boys verstört und vom Bier betört, raste er den Fahrradweg entlang, bis das Schild „Badesee" rechts am Wegesrand auftauchte. Ruckartig riss Hans-Dieter das Steuer seines Suzuki Jeeps herum, wobei der Wagen beinahe die Böschung hinab sauste.

Im letzten Moment jedoch zog Hans-Dieter die Handbremse und der kleine Wagen blieb mit gefährlicher Schlagseite stehen. Was der ältere Mann nicht bemerkte, war das flackernde Licht, welches hinter einigen Weiden hindurch schimmerte, pulsierend wie eine Lavalampe. Erst nach zahlreichen unaussprechlichen Flüchen schaffte es Hans-Dieter aus seinem Wagen. Immer noch beseelt und sternhagelvoll stapfte er querfeldein durch die nassen Wiesen, wobei er Frösche und andere nächtliche Schwärmer ziemlich erschreckt haben dürfte. Schließlich begann er nun auch noch laut alte Lieder zu singen, deren Text er jedoch nur marginal beherrschte.

Von den Beatles bis zu den Doors war kein Held seiner Jugend vor Hans-Dieters Sangesattacken gefeit und erst als er die Weiden erreichte, welche das Ostufer des Baggersees einrahmten, schwieg er Stille. Mit einem debilen Grinsen lugte Hans-Dieter zwischen den herab hängenden Ästen hindurch, in der Hoffnung ein paar von den „nackada Flitzer" zu Gesicht zu bekommen, oder falls keine Artgenossen anwesen waren, zumindest ungestört ein paar Runden um den See „sprenga" zu können – natürlich von oben bis unten entkleidet.

Doch als Hans Dieter ein paar Äste beiseiteschob, da erstarrte sein Grinsen und die Sterne um seinen Kopf fielen wie Kometen zur Erde. Mit versteinerter Miene und offenem Mund sabberte Hans-Dieter sicherlich mehrere Minuten vor sich hin, ohne zu begreifen was er sah. Das pulsierende Licht hatte sich in ein flackerndes Lagerfeuer verwandelt. Um dieses herum waren mindestens zwanzig Personen versammelt, alle in spastischen Verrenkungen am Feuer stehend. Sie schienen in einem seltsamen Ritual, welches von rhythmisch wiederholten Wortfetzen begleitet wurde, gefangen zu sein und immer wieder schoben sie undefinierbare Dinge unterschiedlichster Größe in ihre Münder, aus welchen geifernder, weißlicher Schleim zu laufen schien. Ihre Haare wirkten ungepflegt, die Leiber unförmig, dicklich und außerdem waren die befremdlichen Wesen äußerst hässlich gekleidet. Lange, bunte Stofffetzen zierten die blasse Haut, bunte Bänder hingen in den klebrigen Haaren und manche hatte trotz der unaufhörlichen tänzelnden Bewegungen keine Schuhe an.

„Ha i glaub, i schbinn!" waren die ersten Worte, zu welchen sich Hans-Dieter nach langem Starren überwinden konnte. „Wa send denn des fir Allmachtsseggl? Wa machad dia do hana, nachds um zwelfe – des isch doch arschkalt!"

Hans-Dieter grübelte noch einige Zeit über Sinn und Unsinn der Versammlung, da wurde er von einem Geräusch aufgeschreckt. Ein Rascheln ganz in seiner Nähe, ließ den Mann aufhorchen und sich umdrehen. Keine drei Meter entfernt stand, umweht vom Nebel, der aus den feuchten Wiesen stieg, eines jener unbeschreiblichen Wesen. Aus seinem Mund lief Speichel, die Haut war blass wie der Mond und es brabbelte immerfort unverständliche Worte, die Hans-Dieter stark an den Sonntagsgottesdienst erinnerten.

„Jesses Maria und Josef – dr Deifel! Jetzt ischs aus mit mir! Herrgottsdonnerwetter – i will hoim!!!!" schrie Hans-Dieter aus voller Kehle und spurtete los, vorbei an dem ihm hinterher starrenden Wesen, durch die hohen Gräser, vorbei an seinem Wagen und rein in den Fichtenwald.

Am nächsten Morgen erwachte Hans-Dieter im Blumenbeet seiner Nachbarin Gerlinde Schwabelfinger, deren unwuchtige Kugel-Gestalt die klare Morgensonne verdeckte, wie ein gewaltiger Strandsonnenschirm aus Fett. Mit der Mimik einer Kuh, auf deren Gesicht ein Jumbo-Jet geparkt hatte, musterte sie den ihr wohl bekannten Mann, welcher in der Blütenpracht lag. Ihr eigener Mann Karle, mit welchem Hans-Dieter am Abend zuvor noch politische Diskussionen geführt hatte, blickte nicht minder verdrossen auf das, was davon übrig geblieben war.

Unter Stöhnen und Fluchen erhob Hans-Dieter sich schrittweise aus seinem bunten Blumengrab, wobei er einige der mittels intensivem Chemieeinsatz heran gezüchteten Schätze von Frau Schwabelfinger schwer lädierte. Erst als er eine volle Minute in der Senkrechten verhaftet blieb, wagte er es den Mund zu öffnen; was den Karle-Bauer allerdings weniger erfreute, denn Hans-Dieters Atem ließ den Rest von Gerlindes Blumenpracht verwelken.

„Saga a mol du Rindvieh, wa schlofsch du dein Rausch in meim Gadaa aus?"

„Bohh, uoooh, äääähm – Karle Bauer, wia bin i do nakomma?"

„Wa woiß denn i!" fiel Gerlindes schrille Stimme in das Gespräch ein, wie eine Kreissäge in ein Stück Holz. Hans-Dieter hätte sich beinahe wieder zu Boden gelegt, dann aber fuhr er sich mit zittrigen Händen durchs Haar und verpasste sich selbst eine Backpfeife um wach zu werden.

Als er sich die Augen gerieben hatte und Gerlindes Körpermassen ansichtig wurde, da fielen ihm auch wieder die ähnlich blassen, genauso unförmigen Wesen der vorigen Nacht ein. Sofort begann er davon zu erzählen: Wie er falsch abgebogen sei, nahe des Weihers angeblich von einem vermummten Nachtjogger abgedrängt wurde – oder einem nackten Türken, so genau könne er sich da nicht mehr erinnern. Dann sei er die Böschung hinunter gefallen und plötzlich sei dieses Ding vor ihm gestanden.

„Der war bestimmt daud, so bloich wie der war – und gstonka hot r au wia an Ochs us am Maul! Des war oiner vo dene Untote"

Dr Karle-Bauer beäugte seinen Nachbarn und Trinkkumpanen lediglich ungläubig, wohingegen seine Frau sogleich mit schriller Stimme dazwischen fuhr: „Des war beschdimmt so an Zombie – wia im Fernseha. Woisch Karle, mir hend doch ledschedens so an Film gsea mit dena!"

Dr Karle-Bauer jedoch winkte, den Kopf schüttelnd, ab um seiner Frau zu bekunden, was er von deren Gedanken bezüglich des Filmes im Speziellen und Zombiegeschichten im Allgemeinen hielt, woraufhin Gerlinde verstummte und fortan ungnädig auf Hans-Dieter starrte.

Dieser wiederum hatte in der Zwischenzeit erkannt, dass er kaum den Rest des Tages in Gerlindes Vorgarten verbringen konnte und verabschiedete sich mit den Worten „Wia dia junge Soicher saufad! Des wird au immer schlimmer!," von seinem langjährigen Freund und seiner Frau dem Wahlross. Daraufhin drehte er sich dreimal im Kreis, suchte sich die bunteste Rabatte und begann mit einer mineralisch reichhaltigen, oralen Düngung der Blumen.

Leider hatte er die Macht der Schwerkraft nicht einberechnet, weshalb er nach wenigen Sekunden das Gleichgewicht verlor, vorn über stolperte und schließlich auf dem Gehweg liegen blieb. Dies allerdings erst nachdem er einen Purzelbaum über die kniehohe Buxbaumhecke gemacht hatte – sein Mund hatte während der gesamten Dauer der Aktion offen gestanden, weshalb sich reichlich Halbverdautes sowohl auf Hans-Dieter als auch auf die nähere Umgebung und Gerlinde verbreitete.

Diese stieß einen spitzen Schrei aus, in dessen Zuge sie ihre kleine Pflanzschaufel hinter dem Unhold her schleuderte, welche über Hans-Dieter hinweg flog und in der Motorhaube von Karles altem Benz stecken blieb.

Am Spätnachmittag des selben Tages klingelte Hans-Dieter bei seinem ehemaligen Schulfreund, dem Untderbeck. Mit zittrigem Finger drückte er auf den Knopf der Klingel. Das Schild darunter war nicht mehr zu lesen, seit einer der Dorfjungen an einem Ersten Mai den Nachnamen von Adolf Schlägele durchgestrichen und „Hidler" darüber gekritzelt hatte. Der Underbeck hatte den Streich erst nach Wochen bemerkt, als ihn ein türkischer Paketbote, welcher kaum der Sprache seiner neuen Heimat mächtig war, darauf hingewiesen hatte. Schlägele hatte sich daraufhin mit einem Filzstift daran gemacht das Schild erneut zu übermalen. Zuerst hatte er das falsch gesetzte „d" durch ein formvollendetes „t" ersetzt; als Teile seiner Verwandtschaft ihn jedoch ein paar Monate später gefragt hatten, was der Unsinn sollte, da hatte Adolf Schlägele erneut zum Filzstift gegriffen und das gesamte Schild geschwärzt.

So klingelte Hans-Dieter einige Zeit lang bei seinem namenlosen Freund, bis dr Underbeck endlich in der Türe auftauchte – die Haare zerzaust, die ballonseidene Jogginghose falsch herum an und die dazu unpassende Jacke nur leidlich über die hängenden Schultern gezogen. Von einem Unterhemd war keine Spur zu sehen, von Schlägeles Bauch hingegen umso mehr. Adolf Schlägele war offensichtlich gerade aus dem Bett gestiegen und hatte keine Zeit gehabt vor einen Spiegel zu treten. Ob der knapp siebzig-jährige Witwer und Vater dreier Töchter überhaupt einen besaß, darf zudem bezweifelt werden.

Ohne ein artikuliertes Wort von sich zu geben, bat er Hans-Dieter in die Stube, platzierte ihn auf dem durch gesessen Ledersofa und öffnete die Schrankwand aus Pressspan-Eichenimitat, deren Ausmaße und Formen an die Aiger-Nordwand gemahnten. Hinter einer Klappe aus Glas befand sich die Hausbar des Underbecks, aus welcher dieser zwei Gläser und eine Flasche selbst gebrannten Obstler hervorzauberte.

„Morum bisch du do? I wett eigentlich so fria am Dag no nix drenga!" eröffnete Schlägele das Gespräch, nachdem die beiden bereits jeweils drei Gläser schweigend geleert hatten. Hans-Dieter starrte noch einige Zeit auf die Illustrierten, welche unsortiert auf dem Coachtisch herum lagen, dann rülpste er herzhaft und gab in gekürzter Fassung zu verstehen warum er hier war. Chronologisch begann er mit einer Erzählung der wundersamen Ereignisse der vorigen Nacht, welche dr Underbeck weit weniger kritisch aufnahm, als es Stunden zuvor dr Karle-Bauer getan hatte. Daraufhin folgte eben jene Begegnung mit diesem und dessen Frau, bei deren Erwähnung Schlägele einen Allmachtsrülpser los ließ und sich kräftig schüttelte. Zu guter Letzt schloss Hans-Dieter mit dem eigentlichen Anliegen seines Besuches: „Wia i scho gsait han – mei Audo schdoht no do dussa – und i drau mi alloi nemme do na! Moisch et, dass du mitkomma kenndesch – no hohl mr mai Audo."

„Ond wenn no oiner vo dene Kannacka do isch, noche kriagt der uff da Grend, dass r us da Rippa nausguckt wia dr Aff us am Käfeg!!!" tönte dr Underbeck feierlich, während er sich erhob und Hans-Dieter zur Türe geleitete. An dieser angelangt, gebot er seinem Freund zu warten und meinte: „I hol no schnell mei Gwehr, no fahr mr los. Da woischd jo mo mei Audo stoht, i komm glei!"

Hans-Dieter ging aus dem Haus, die kurze Treppe zur Auffahrt hinab und betrat Schlägeles Garage über einen Seiteneingang.

So zogen die beiden Jäger des verlorenen Autos los, Hans-Dieters Wagen aus den Fängen der vermeintlichen Zombiehorden zu schweißen. Auf eine Bemerkung Schlägeles hin waren die beiden über einen Umweg noch zu Ottmar Radzischeck gefahren. Dieser wohnte auf der anderen Seite des Tales, in welchem das verschlafene Nest sein Dasein seit nunmehr gut eintausend Jahren fristete, was bedeutete, dass der stark angetrunkene Underbeck seinen automatisch getriebenen Benz den Steilhang des Südhangs hinab steuern musste um diesen sodann den Bolla-Berg, wie die kahle, kuppelförmige und mittlerweile bautechnisch verschandelte Nordseite des Hutterle-Tales genannt wurde, hinauf zu quälen – natürlich stets im Kickdown-Modus und folglich im ersten Gang.

Ottmar musste das Röhren des kaputten Auspuffs frühzeitig erkannt haben, denn als Hans-Dieter die Klingel von dessen Haustüre tief in die Fassung drückte, öffnete auch nach vielen Minuten niemand die Türe. Höchstwahrscheinlich war Ottmar, welcher einige Jahre jünger war als der Rest des Stammtisches, auf Arbeit. Schlussendlich öffnete sich die Türe dann doch noch – und Ottmars bosnische Putzfrau öffnete die Türe.

„Wie ich kann nix helfen?" warf die Frau freundlich in den Raum, welcher daraufhin für einige Zeit von äußerster Ruhe gezeichnet war. Erst blickte Hans-Dieter hinter sich, dann an der

Frau vorbei in den Flur und dann in das natürlich gebräunte Gesicht ihm gegenüber. Zum Schluss öffnete er den Mund: „Mo isch dr Ottmar?"

„Herr Radzischeck ist Arbeit – muss Geld machen für Sohn und Ludmilla."

„Aso – wer isch jetzt au d Lutzi?"

„Wer? Bin ich Ludmilla – arbeite ich für Herrn Radzischeck, krieg ich viel Euro für!"

„Wenn des so isch – no schaff au guad weider, du brauchsch des Geld jo au – zum Bombabaua odr so."

„Wo ich soll Bombe baue? Nicht verstehen!"

„Isch au druff gschissa..."

„Du wollen auf Klo gehen? Geht nicht, ist verstopft – da ich könnte Bombe brauchen. Hast du Bombe dabei?"

„Morum sott i a Bomb dabei hau? An Koffer des han I – bei dem Drecksessa, des i heit gfuadrat hau! I gang jetzt, wenns reachd isch?!"

„Wofür du haben Koffer für Essen? Wollen Teller haben? Herr Radzischeck noch hat Essen übrig von heute Mittag."

„Noi noi, i muss weider – Zombies schießa. Viel Spass beim Bombabaua Frau Mohammed!"

„Nix heiße Mohammed, bin ich Ludmilla – wohne nur in Bosnien, weil mein Mann is von da."

Doch Hans-Dieter hatte bereits auf dem Absatz kehrt gemacht und wankte zurück zu Adolf Schlägele, der mit laufendem Motor im Wagen gewartet hatte. Eine etwas angestaubte Flasche Jägermeister im Verbandskasten unter dem Fahrersitz hatte der Rentner währenddessen gelehrt.

Dementsprechend flott ging die Fahrt dann auch weiter zum nächsten Zwischenhalt – der Wohnung von Feuerwehrhauptmann Schlottermeier. Als Hans-Dieter und sein Chauffeur dort angekommen waren, hatte die Sonne sich bereits hinter die höchsten Baumwipfel verzogen, schließlich befand sich Schlottermeiers Domizil unten im Tal, direkt neben der sporadisch befahrenen Bahnstrecke nach Hausen unter Hausen.

Der Feuerwehrhauptmann war zuhause, was ein erster Erfolg für die beiden Zombiejäger war – ihn zu überzeugen jedoch stelle sie vor eine große Herausforderung, denn Schlottermeier hatte einen gewichtigen Einwand: Er war Einsatzleiter der örtlichen Freiwilligen Feuerwehr, oder wie er es gerne sagte „Obergruppenführer FF". Eine weitere Flasche Jägermeister, welche Adolf Schlägele aus seinem Handschuhfach kramte, tat aber schnell das Nötige, um die Verpflichtungen an einer eventuell aufkommenden Feuerfront minderwertig erscheinen zu lassen, im Vergleich zur Gefahr, welche durch frei herum streunende leichenblasse Untote ausging – womöglich türkischer Herkunft.

Es musste nach „dreiviertel Ächte" gewesen sein, als der verbeulte Benz vor Schlottermeiers Wohnung anfuhr und, einen vorbei kommenden Vierzig-Tonner nur knapp verfehlend, auf die löchrige Hauptstraße einbog. Unglücklicherweise konnte die Jagd aber noch immer nicht starten, da Schlägele niemals ohne Vorräte auf die Drückjagd zu gehen pflegte, ergo war ein Besuch des Supermarktes im Nachbarort unerlässlich. Dass dieser in Anbetracht des zwischenzeitlich angetrunkenen Alkoholpegels, welcher in den drei Männern schwappte, mehr Zeit als geplant in Anspruch nahm als geplant, war unvermeidlich. Es mussten schließlich mehrere Hürden in kurzen Abständen überwunden werden. Zum Ersten war die Landstraße nach Gammeltingen von zahlreichen Kurven geprägt, sodann entwuchsen den Straßen, der in ausufernder Anmaßung als Stadt bezeichneten Häuseransammlung, beinahe täglich neue Kreisverkehre, in welche eine Einfahren meist problemlos von statten ging, jedoch hatte dr Underbeck eine beinahe unüberwindliche Aufgabe vor sich, so er den Kreisel wieder verlassen wollte – und das auch noch an der richtigen Ausfahrt! Den Blinker links im Anschlag brachten die drei Herren im Benz so einige Minuten auf einer ungleichmäßigen Kreisbahn zu.

Daraufhin musste ein Parkplatz gefunden werden, was Schlägele mit einem gewagten Manöver quer über drei Behindertenparkplätze souverän absolvierte. Nach einem kurzen Streit über die Marke des zu beschaffenden Gerstensaftes, war der Kasten Ranzelfinger-Export dann recht schnell gekauft und im Kofferraum verstaut.

Die Kirchenglocken hatten längst den Feierabend geläutet, als der Wagen samt Insassen das Ortsschild des uns wohl bekannten Dörfchens hinter sich ließ und in Richtung des Baggersees unterwegs war. Zur besseren Sichtung der Situation hatte dr Underbeck sowohl die Nebelscheinwerfer, als auch das Fernlicht angeknipst und raste über die nicht ganz verlassene Landstraße, welche auf der gegenüberliegenden Talseite jenes Feldweges verlief, auf welchem Hans-Dieter seinen Jeep versenkt hatte.

„Schlägele, du musch links, du Grasdackel!" schrie Schlottermeier vom Rücksitz dem Fahrer in den Nacken. „Do driaba isch doch dr Baggersse!".

Schlägele riss dem Hinweis folgend das Steuer des alten Benz herum, zog über die Gegenfahrbahn und verfehlte die Einfahrt zum landwirtschaftlichen Weg nur knapp. Die Stoßdämpfer zischten, dann quietschten sie und zuletzt brachen sie. Der Wagen stand im hohen Gras der Wiesen, welche längs des kleinen Baches das Tal zierten und trotz zahlreicher Versuche des Underbeck seinen Benz wieder zurück auf den Weg zu bewegen, blieb er fest im weichen Boden stecken, wobei der Wagen sich immer tiefer in den Untergrund wühlte, je länger Schlägele das Gaspedal durchdrückte.

„Dräcksglomb!!!" kam es schließlich monoton und zugleich asynchron aus den Mündern der drei Insassen, dann herrschte Stille. Schlägele hatte es irgendwie geschafft den Motor abzuwürgen und dabei die Lust verloren, weitere Befreiungsversuche zu tätigen. Kurze Zeit saßen die Herren schweigend im Wagen und man konnte allein das Zischen frisch eröffneter Bierflaschen vernehmen, bis schließlich doch wieder dr Underbeck die Initiative ergriff. Mit großem Elan drehte er sich in seinem Sitz nach hinten, ließ seinen Arm nach vorne schnellen, wobei dieser nur knapp an Schlottermeiers warzigem Gesicht vorbeirauschte und packte das Gewehr, welches hinter die Kopfstützen geklemmt war.

Hans-Dieter, welcher das Schauspiel beobachtet hatte, rief voller Begeisterung: „Jetzt goht's los!". Deshalb öffnete er schwungvoll die Beifahrertüre, welche im Boden stecken blieb, und kullerte aus dem Wagen.

Kurze Zeit später torkelten die drei Waidmänner über den Kiesweg, welcher höchst vermutlich zum Baggersee, dem Ursprungsort der ominösen Zombiehorden, führte. Und tatsächlich erblickten die drei nach kurzer Wanderung ebenfalls ein Licht, wie es schon Hans-Dieter am Abend zuvor gesehen hatte. Durch die hohen Bäume war das flackernde Leuchten wiederum nur ausschnittsweise zu sehen, was den dreien einen gehörigen Schrecken einjagte, da es pulsierend wirkte und die Herren nicht mehr unterscheiden konnten, ob sie sich auf das Licht, oder dieses sich auf sie zubewegte.

Schlottermeier, welcher einige Jahre beim Bund zugebracht hatte, warf sich ins feuchte Gras und befahl seinen Kameraden es ihm gleich zu tun. „Schlägele, gib mir das Gewehr – ich schalte den Feind aus!"

„Wela Feind?" fragte daraufhin Hans-Dieter, „I seh do koin. Do isch bloß wiadr dia blede Funzel."

„Genau die ist der Feind. Mit einem gezielten Schuss, wie ich ihn als alter Scharfschütze beherrsche, wird das Ding ausgeknipst."

„Aso" kam es von den beiden anderen zurück, dann gab dr Underbeck zögerlich sein Gewehr an Schlottermeier ab. Dieser hantierte lange damit herum, suchte den Lauf und den Kolben, murmelte einige Fachwörter vor sich hin - „aha 98K, so was gibt's au no!" - bis er das Gewehr endlich in den Anschlag nahm und verwundert feststellte, dass er durch die unzähligen Grashalme den Feind nicht ausmachen konnte. „Näher heran Kameraden!" lautete daraufhin Schlottermeiers Befehl, doch in diesem Moment wurde den dreien bewusst, dass der Feind schneller gewesen war. Keine fünf Meter links von den Jägern ragte – im Mondlicht nur als schwarze Silhouette erkennbar – eine Gestalt aus den Gräsern empor. Sie war rundlich und bewegte sich träge auf Obergruppenführer Schlottermeier und seine tapfere Kompanie zu. Der Veteran schoss wie ein Bambushalm im Zeitraffer in die Senkrechte, das Gewehr immer noch im Anschlag und brüllte: „Ergib dich du Kannacke!"

Noch bevor das Wesen sich hätte ergeben können, drückte Schlottermeier den Abzug. Das Gewehr gab einen kurzen Knall von sich, zog nach oben weg und fiel samt seinem Schützen rücklings ins Gras zurück. Das Wesen gab einen Mark erschütternden Schrei von sich – spitz, wie der Schrei eines Geiers – und wackelte dann auf die Lichtung in der Wiese zu, in welcher die drei Männer lagen. Schlottermeier war auf Hans-Dieter gefallen, welcher verzweifelt versuchte sich seines übergewichtigen Trinkkumpanen zu erwehren. Dr Underbeck lag daneben, das Gewehr war auf seine Brust gefallen. Glücklicherweise konnte er aus den Augenwinkeln sehen, dass der vermeintliche Zombie direkt auf ihn zu schwankte, weshalb er selbst schrie als habe man ihm die Weisheitszähne ohne Betäubung gezogen, sich aufrappelte und mit dem Gewehr in der Linken davon eilte. Schlottermeier, nicht minder erschrocken, konnte sich ebenfalls retten. Hans-Dieter jedoch, um Luft ringend, schaffte es nicht mehr rechtzeitig aufzuspringen.

Das letzte was Schlottermeier und dr Underbeck hörten, waren die unverständlichen Laute des Zombies, welcher sich langsam über die Stelle beugte, an der Hans-Dieter lag. Von ihm konnte man nur ein Wimmern hören, welches verstarb, so wie sich die Gestalt zu ihm hinab ins Gras begab. Als auch ein Rettungsversuch seitens Schlottermeier misslang, weil das Gewehr zu klemmen schien oder der arme Feuerwehrhauptmann mit seinen zitternden Fingern es nicht mehr zu bedienen wusste, überließen die beiden Männer ihren Freund flüchtend dem Schicksal.

Die überstürzte Flucht fand einen guten Kilometer weiter, am Waldrand ihr Ende, als sowohl Schlottermeier wie auch Schlägele keuchend anhielten und sich auf eine zufällig dort aufgestellte Bank setzten. Auf dieser verharrten sie dann auch die nächste Zeit, atmeten tief durch und Schlottermeier überprüfte das Gewehr auf seine weitere Tauglichkeit.

Nach einigem Hantieren hatte er den Ladestreifen herausgezogen und nahm ihn in die Hand. Zuerst betrachtete er ihn von allen Seiten, dann drehte er ihn um und schüttelte kräftig. Wie zu erwarten, geschah nichts, doch dr Underbeck blickte nun zu Schlottermeier und dem Gewehr, wobei er einen sehr fragenden Blick aufsetzte. Schlottermeier blickte auf, in das Gesicht Schlägeles, dann sagte er: „Wia soichbleed bisch du Herrgottsseggl eigentlich???"

Adolf Schlägele blickte noch verdutzter, dann fragte er sehr vorsichtig: „Wa isch denn au los Schlottermeier – ich wois au, dass des granadamäßg scheiße isch, wa mit am Hans-Dieter bassiert isch..."

„Du Allmachtsdepp, morum isch des Deng leer? Morum war do bloß oi Patron drin? Mo hosch du des Deng her?"

„Ha, vom Flohmarkt – des han i doch letscht Woch in dr Krone verzehlt!!!"

„Jo und do hosch du des so oifach kauft? Net mol neiguckt, mol gfrogt ob ma do a Munition für braucht, du Dachlatt du!"

„Jo – noi – woisch..."

„Noi i wois et, wa woisch du, wa i et wois?"

„Ha – nix eigentlich!"

„Ja, des han i mir au scho denkt. Und wa macha mr jetztad? Solla mr Steckle schmeißa odr Stoiner – du Rindvieh?"

„Ha noi. Jetzt missa mr doch zeischda mol wiedr dena ihr Verschdeck fenda – und da Hans-Dieter!!!"

Schlottermeier ließ das nutzlos gewordene Gewehr sinken, sowie kurz darauf seinen Kopf. „Reachd hosch. S bringt jo älles nix. Also no wiadr uff a Nuis!"

„Genau!"
„Abr des Gwehr nemma mr mit – ma ka dena Tirka jo immerno Angschd macha!"

„Sag a mole Schlottermeier, morum send des eigentlich Türka?" fragte dr Underbeck äußerst vorsichtig.

„Ha..." überlegte Schlottermeier einige Zeit „Ha, des isch doch klar – wa sollats denn susch sei?"

Dies schien den angetrunkenen, sowie unter Schock stehenden Adolf Schlägele zu überzeugen, weshalb er nicht mehr weiter nachfragte und seinem Freund folgte, welcher sich vom Wald entfernte. Die Weiden um den Baggersee waren auch in der weit vorangeschrittenen Dämmerung noch gut auszumachen, da zwischen ihnen das pulsierende Leuchten strahlte, welches wie ein Leuchtturm die beiden Männer lotste.

Als sie schließlich hinter einer der Weiden standen und sich sicher waren, dass keines der Wesen sich in der Nähe versteckt hielt, wagten es die beiden schließlich in das Innere des Baumringes zu blicken: Am Ufer des Baggersees brannte ein gewöhnliches Lagerfeuer. Darum herum aber standen, saßen, tanzten und lagen zahlreiche Gestalten. Einige, aschfahl am halbnackten Körper, tanzten um das Feuer, während andere, welche mehr wie der Angreifer aussahen, auf Holzklötzen um den Reigen saßen. Diese waren meist dicklich, hatten langes Haar, welches in allen möglichen Farben erstrahlte und tranken aus Thermoskannen Heißgetränke.

Die Szenerie war in der Tat äußerst beängstigend und als einer der Tanzenden auch noch begann einen Gesang anzustimmen, in den die anderen Wesen murmelnd einstiegen, da verkrochen sich dr Underbeck und Feuerwehrhauptmann Schlottermeier wieder schleunigst hinter der Weide.

Dort saßen sie für einige Zeit schweigend auf dem Boden; bis Schlägele wie aus dem Nichts fragte: „Du Schlottermeier – des oine Deng do driba – des sieht doch aus wia am Karle-Bauer sei Alde, odr?"

Schlottermeier fuhr in die Hocke und starrte Schlägele an, dann sagte er langsam: „Reachd hosch. Heilandsack, jetzt hand se dia au no ghollat!"

„Noi – des moin i etta. Dia siat oifach aus wia dr Gerlinde – net, wia wenn se an Zombie wär. Und der do so romschbrengt, wia wenn r uffs Scheißhaus misst – isch des et dr Hubertus Klepfle?"

„Wer?"

„Ha dr Klepfle-Flaschner, vom Underdorf!"

„Aso, der – jo und wa maschd der dohanna um dia Uhrzeit?"

„Ha der maschd doch so Schamanaseminar an dr Volkshoch-schual – woisch so ausgeglicha läba und Glomb!"

„Ja Sackzemet, moisch dia machad dohana Seminar?"

„I befirchts faschd" sagte Schlägele äußerst langsam, dann ver-stummte er. Die beiden konnte ihre Entdeckung nicht fassen. Sie waren mitten in Hubertus Klepfles Anfängerseminar für Schama-nismus, bewusstes Leben mit der Natur und Traumdeutung ge-raten, welches in jener Woche von der Volkshochshcule in Gam-meltingen angeboten wurde – unterstützt von der lokalen Frau-engemeinschaft, welcher Gerlinde Schwabelfinger vorstand.

„Jo abr" erhob Schlottermeier seine Stimme in der Stille: „Mo-rum isch des Deng – oder hald d Gerlinde – wia an Zombie uff da Hans-Dieter los ganga?"

„Ha, des isch doch klar. Der isch doch heit morga in dera ihram Blumabeet uffgwacht und hot ihr da Gadaa vollkotzt. Do däd i au zur Furie werda, wenn i den nomole zwischa d Fenger kriega däd!"

Das leuchtete ein; und so traten die beiden aus dem Schatten der Bäume ans Ufer des Baggersees, umrundeten ihn soweit, bis sie am Rande des Öko-Schamanenlagers angekommen waren und machten sich bemerkbar: „Griaß Gott mittanander!"

Die bewusst Lebenden erhoben ihre Häupter und Schamane Klepfle nahm die Kapuze vom Kopf, woraufhin seine Glatze im Feuerschein glänzte. Zwischen den wuchtigen Gestalten der Dorffrauen lugte auch das ängstliche Gesicht eines älteren Man-nes hervor – es war Hans-Dieter. Seine Kleidung war dreckig und er hatte ein Pflaster auf der linken Backe, welche sehr angeschwol-len aussah. Neben ihm saß, den heißen Lebenssaft aus Faire-Trade-Bohnen schlürfend, Gerlinde Schwabelfinger.

Sie war es auch, welche die Neuankömmlinge begrüßte: „Guckat a mol do. Des isch der Schlottermeier und dr Underbeck. Dia zwoi send hier mit am Hans-Dieter vorher rum goischdrat, mo i grad n Bärlauch gsuacht han fir mein Bärlauchsugo!"

Hans-Dieter erhob sich nun auch: „Des send gar koine Zombies oder Kannacka – des isch dr Flaschner und d Frauengmeinschaft!"

„Des wissad mir au Hans-Dieter!" antwortete Schlottermeier genervt „morum siasch du so gschwolla aus?"

Diese Frage beantwortete wiederum Gerlinde: „Ha weil der Schoofseggl mir meine Bloama he gmacht hot, do han i m oine an d Backa na gschlah!"

Und mit diesen Worten brach die versammelte Gesellschaft in Gelächter aus, welches noch für viele Stunden anhalten sollte. Schlottermeier und Schlägele setzten sich dazu, der Oberschamane sammelte von ihnen kurzerhand den Seminarbeitrag ein und die Lehrstunde über bewusstes Leben, Bärlauchsugo und Traumdeutung ging weiter.

So bemerkte auch keiner der Anwesenden, wie sich zwischen den Bäumen um sie herum dunkle Gestalten sammelten und mit aufmerksamen Blicken jede ihrer Bewegungen verfolgten, während sich der Kreis immer enger um das Lagerfeuer schloss.

Daniel Schmitt

*Seit frühester Kindheit lässt Daniel Schmitt seiner Kreativität freien Lauf.
Überlegt sich Szenarien, Sketche oder Anekdoten. Auf der Suche nach einem
Medium für sich und gebeutelt durch einen schweren Lebensabschnitt, entdeckte er für sich das Schreiben. Seitdem verfolgt ihn nur ein Traum, sein erstes,
selbstverfasstes Buch in Händen zu halten.*

Der Camper

Eine Patrone, abgefeuert aus einem Gewehr erreicht eine Geschwindigkeit von bis zu 800 Meter pro Sekunde und eine Energie
von 3500 Joule. Diese Kraft reicht aus um eine Melone zu zerfet-
zen, Knochen zu durchtrennen, Holz zu durchschlagen, Metall-
schichten und Stein. Nach einem Kilometer ist sie noch bis zu 400
Meter pro Sekunde schnell. Die Energie reicht noch aus um sie
durch Holz und dünnes Metall zu kriegen und auch um zu töten.

Es ist ein lauer Wintertag. Der Schnee fällt auf eine komplett in
weiß gehüllte Anhöhe im Wald. Es schneit schon seit drei Tagen
durchgehend, ein wahres Wintermärchen. Die Sicht ist klar aber
das Wild bewegt sich trotzdem. Der Schnee stört nicht. Mit der
Zeit, hilft er eher noch bei der Tarnung. Beinahe komplett von
Schnee bedeckt, sitzt ein Mann auf einem Teppich im Schnee. Die
Beine angezogen. Er stützt sein Gewehr auf seinem linken Arm
der auf seinem angewinkelten Knie liegt. Er legt den Gewehrkol-
ben auf seine Schulter und streicht vorsichtig den Schnee von seinem Lauf der seine Sicht behindert. Er führt die Hand am Gewehr
entlang und fasst den Griff. Den rechten Zeigefinger neben dem
Abzug. Er blickt durch sein Zielfernrohr und entdeckt ein Reh.
Langsam bewegt sich sein Finger auf den Abzug. Er betrachtet

das Tier in seinem Fadenkreuz, es weiß nicht das er da ist. Er atmet langsam aus und schießt, aber verfehlt. Das Tier rennt durch den Schnee in die Dämmerung.

Es wird dunkel und er spürt die Kälte. Der Schuss hat die Tiere sowieso aufgeschreckt. Heute hatte er keinen Erfolg. Der Jägersmann winkelt das Gewehr an und sichert es. Er erhebt sich und der ganze Schnee fällt von ihm ab. Der Jäger ist dunkel gekleidet, doch mit Reflektoren ausgestattet, so das ihn andere Jäger sehen. Nicht das bei diesem Wetter andere Jäger unterwegs sein würden. Seine Kleidung ist noch mit Schnee bedeckt als er seinen Teppich abklopft und sich auf den Waldweg in die Richtung seines Wagens begibt. Die Nacht bricht herein, als er von seinem Weg aus, mitten im Wald ein Feuer entdeckt. Er bleibt stehen und schaut genauer hin. Der Jäger erkennt einen Mann der auf einem Baumstamm sitzt und sich an seinem Feuer wärmt. Hinter ihm steht sein hellfarbenes Zelt. Wildcampen ist verboten in diesem Teil des Waldes, außerdem kann es gefährlich sein. Er beschließt zu ihm zu gehen.

Desto näher der Jäger dem Feuer kommt, desto besser wird sein Blick auf ihn. Er hat die Beine eng an sich gezogen. Seine roter Parka ist zugeschnürrt und seine Fellkapuze hochgezogen. Seine Hose ist gelb wie seine Gummistiefel und sein Zelt ist knallrot. Der Schnee liegt nur sporadisch darauf, als hätte er es vor kurzem abgeklopft. Insgesamt, musste man sich schon Mühe geben ihn nicht zu sehen. Er hällt zitternd einen Topf vor sich und isst daraus. Sein Blick starr ins Feuer gerichtet.

"Hallo." Begrüßt der Jäger den Camper.

"Oh, seien sie gegrüßt!" Der Camper stellt den Topf in den Schnee und steht auf. "Wie sagt man? Waidmannsheil! Nicht wahr? So spät noch draußen?"

"Waidmanns Dank! " Bedankt sich der Jäger.

Der Mann mit dem Zelt fasst sich wissend an die Nase und deutet auf ihn. "Wußte ich es doch. Kommen sie, setzen sie sich ans Feuer sie sind sicher ganz verfroren." Er öffnet sein Zelt und zieht einen ausklabbaren Campingstuhl hervor. Er stellt ihn neben das Feuer und deutet mit offener Hand auf ihn. "So, hier! Für sie."

"Danke." Bedankt sich der Besucher und setzt sich an das Feuer. Er legt das Gewehr neben sich und reibt sich die Hände. Sein Gastgeber setzt sich auch wieder. Er hebt den Topf hoch und seinen Löffel und isst weiter.

"Sie wissen das Wildcampen hier verboten ist oder?" Fragt der Jägersmann ganz direkt, obwohl er die Antwort schon meint zu kennen.

Der Wildcamper nickt:"Ja, ich weiß. Suppe?" Er hebt den Topf dem Jäger entgegen.

"Nein, danke." Lehnt der Jäger höfflich ab, was den Camper aber nicht stört. Er führt gleich wieder den Löffel in seinen Mund. Der Besucher lässt nicht ab: "Sie wissen das hier Wildcampen verboten ist und sind trotzdem hier? Ich könnte sie anzeigen."

Der Camper kaut zuende, schluckt runter so wie es die Höglichkeit es gezimmt und antwortet:"Ja, aber ich vertraue darauf das sie das nicht tun."

"Warum?"

"Zuerst einmal, weil ich so höflich war ihnen einen Platz an meinem unrechtmäßig gemachten Feuer anzubieten. Das macht sie doch dann zum Mittäter oder?" Bemerkt der Herr am Feuer und kann sein Grinsen nicht verbergen: "Und zum zweiten, weil ich sie sonst nicht hier angetroffen hätte."

Der Jägersmann machte sich schon bereit auf die Frechheit einzugehen ihn der Mittäterei zu beschuldigen, als der Camper den zweiten Teil seiner Erklärung abgab.

"Wie meinen?"

"Oh, ich habe hier auf sie gewartet."

"Auf mich oder auf einen Jäger? Sie sind doch keine von diesem Tierschützern oder? Hören sie! Ich habe eine Erlaubnis zu jagen, ich habe meine Jagdschein, ich habe genau Kenntnis über den Wildbestand hier, ich jage hier seit Jahren..."

"Das wollte ich hören." Unterbricht ihn sein Gegenüber und zeigt mit dem Löffel auf ihn.

"Meinen Jagdschein?"

"Nein, das sie immer hier jagen." Der Camper legt den mittlerweile leeren Topf beiseite und erhebt seinen Finger.

"Ich wollte hören das sie immer hier jagen. Weil ich mit demjenigen reden wollte der hier jagt. Wie lange jagen sie den schon?" Fragt er den verwunderten Jäger und schaut dabei in das Feuer.

"Mein Vater hat mir das Jagen beigebracht." Antwortet er ihm. Ohne zu wissen warum eigentlich.

"Ihr Vater jagt hier auch?"

"Er hat, er ist vor ein paar Jahren gestorben."

Der Camper schaut ihn an. "Vor ein paar Jahren. Wieder dieser Satz. Wie lange ist ihr Vater schon tot?"

"Seit zehn Jahren."

"Und wie lange jagen sie schon hier?"

"Seit zwei Jahren."

Er blickt wieder vor sich und wiederholt die Antwort die er erhalten hat. "Seit zwei Jahren."

Dem Jäger wird es zu bunt, auch wenn er nicht bedrohlich wirkt aber komisch erscheint er ihm schon. Er nimmt sein Gewehr, während er sich überlegt was er sagen könnte um schnell gehen zu können.

"Kann ich das Gewehr mal sehen?" Fragt der Camper der bemerkt hat wie unwohl dem Jäger sich gerade fühlt und streckt seine Hand fordernd aus. "Kommen sie, ich werd damit schon nichts anstellen."

Der Jäger steht auf, entlädt das Gewehr vollständig und reicht es ihm zögerlich.

Der Camper nimmt es in die Hand. Das Gewehr ist braun. Ein Repetiergewehr. "Ein Remington 700 Jagdgewehr." Erkennt er korrekt. "Richtig." Stimmt ihm der Jäger zu. Nervosität kommt ihn im auf. Der Umstand, dass sein Gegenüber so ruhig zu sein scheint, macht es nicht besser.

Der Camper legt das Gewehr auf seine Knie: "Ein wahres Prachtstück."

"So genug bestaunt." Der Jägersmann möchte sein Gewehr wiederhaben. Da greift der Camper in seine Tasche, zieht eine längliche Patrone heraus, lädt das Gewehr und richtet es auf den Jäger.

"Bitte setzen sie sich." Fordert er ihn mit ruhiger Stimme auf.

Ganz erstaunt von dem was er gerade gesehen hat, setzt sich der Mann wieder auf den Stuhl.

Er richtet das Gewehr weiterhin auf seinen Besucher:"Ein 7,62 x 51 mm NATO Geschoss. Passt perfekt. Ein absolutes Standardprojektil für ein Standardgewehr das beinahe von jedem Jäger da draußen benutzt wird."

„Hören sie, ich weiß nicht was sie von mir wollen aber…"

„Wissen sie die jagt auch einen sentimentalen Wert für mich. Nur nicht ganz so wie für sie und auch nicht so lange." Unterbricht ihn der Mann mit dem Gewehr und legt dieses wieder auf seine Knie, den Lauf auf seinen Gegenüber gerichtet: „Man könnte mich sogar als Jäger bezeichnen. Ich jage allerdings mit einem Köder."

Beide schweigen. Der Jägersmann blickt in den Lauf seines eigenen Gewehrs das auf ihn gerichtet wird.

„Wissen sie wie viele ihrer Geschosse sein Ziel treffen? Ich meine, erst vorhin habe ich einen Schuss gehört und sie tragen kein Wild bei sich. Also können sie ja nicht getroffen haben."

„Die Kälte, ich habe gezittert." Antwortet er schnell und angespannt. Auf die Möglichkeit es einen anderen Jäger zuzuschieben kommt er gar nicht.

„Die Kälte?" Fragt der Camper und zieht die Augenbrauen hoch. „Sie jagen seit Jahren im Winter und verfehlen aufgrund der Kälte? Das glaube ich nicht. Warum haben sie nicht getroffen?" Fragt der Camper mit dem Gewehr mit Nachdruck und hebt sein rechtes Knie. Der Lauf des Gewehrs ist nun auf die Brust des Jägers gerichtet.

In Angst hebt der bedrohte Jäger die Hände:" In Ordnung. Ich habe das Tier mit Absicht verfehlt."

„Aus Gnade?"

„Ja, genau."

„Sie sitzen Jahr für Jahr, stundenlang in der Kälte um Munition zu verschwenden und gnädig zu sein? Das glaube ich noch weniger." Er richtet das Gewehr direkt auf ihn.

„Angler werfen ihre Fische manchmal auch zurück!" Entgegnet er angespannt.

Der Camper schaut von oben auf das Gewehr: „Als Schütze wirft man nichts zurück. Wenn ich jetzt schieße, kann ich das auch nicht zurücknehmen."

Der Jäger beginnt zu zittern: „Okay, ja." Stottert er: „Manchmal reicht mir einfach das Gefühl das ich könnte. Dass das Leben des Tieres in meinen Händen liegt." Der Schütze atmet schneller. Die Antwort hat ihn selber überrascht.

Der Camper legt das Gewehr wieder auf seine Knie und führt seine Vernehmung fort.

„Sie spielen gerne Gott. Interessant. Die Macht über Leben und Tod. Muss ungewohnt sein, am anderen Ende des Laufs zu sitzen nicht wahr?"

Der Befragte nickt und blickt ins Feuer. Der Mann mit dem Gewehr auf dem Schoss verliert sein Ziel nicht aus den Augen: „Sie wissen wenigstens was passieren kann. Entweder ich drücke ab..."

Der Mann am anderen Ende des Laufs zuckt zusammen.

"... oder nicht. Ihre Beute hat dieses Wissen nicht. Ihre Opfer haben keine Ahnung." Die ruhige Stimme wird deutlich erregter.

Er hebt das Gewehr: „Keine Ahnung, das eine simple Fingerbewegung über ihr Leben oder ihren Tod entscheidet."

Der Schütze blickt ihn an, er hat genug von den Psychospielchen: „Was kümmert es sie? Sie sind kein Räuber, sie haben selber gesagt, dass sie Jäger sind, also sind sie kein Tierschützer. Was kümmert es sie wie ich mir meine Zeit vertreibe?"

Die Stimme des Campers wird lauter: „Es kümmert den Menschen den sie Schaden!"

„Ich habe niemandem geschadet!"

„Sie haben meine Frau getötet!" Beide werden still. Der Camper setzt sich wieder und legt das Gewehr auf seine angewinkelten Beine.

„Nicht ermittelbar. Die Herkunft der Kugel ist nicht ermittelbar. Das meinte die Polizei." Die Stimme wird immer lauter. „Das Kaliber sei zu gängig, das Projektil zu sehr zerstört." Er ist angespannt und haut vor Wut auf den Kolben des Gewehrs.

Der Beschuldigte zuckt zusammen, aus Angst, dass ein Schuss sich hätte lösen können.

„Ja, ich glaube das die Kugel zerstört war, kurz nachdem sie durch die Scheibe unseres neuen Wohnhauses trat, in den Hinterkopf meiner Frau einschlug, ihr Gesicht zerfetzte und es an der Wand des neuen Kinderzimmers verteilt hat."

Der Jäger kann das nicht glauben: „Ihr Verlust tut mir leid aber ich habe nie auf Menschen geschossen. Auf Tiere ja, ab.. aber nie auf Menschen. Ich kann das nicht gewesen sein." Stottert er heraus und schaut den Camper direkt an.

„Wissen sie wie viele verirrte Kugeln jährlich Menschen treffen? Wissen sie wie groß die Wahrscheinlichkeit ist von einer getroffen zu werden? Die Polizei hat den Fall aufgegeben weil sie meinte, das man es nie erfahren würde aber hier sitze ich!"

Schreit der Witwer mit dem roten Zelt seinem verunsicherten Besucher ins Gesicht, welcher sein Kinn tief in seine Brust gräbt. Seine Reflektoren leuchten im Licht des Feuers auf. Da geht dem Jägersmann ein Licht auf. Das rote Zelt, die helle Kleidung. Der Wildcamper wollte gesehen werden, allerdings nicht aus denselben Gründen warum ein Jäger seine Reflektoren trägt. Er war der er Köder.

"Ich habe ein Jahr lang ermittelt, um herauszufinden wer mir meine Frau genommen hat. Wo wird gejagt, welches Gebiet kommt in Frage, welches Gewehr, wer hat abgedrückt? Und jetzt bin ich hier und vor mir sitzt ein jämmerliches Häuflein Elend welcher einen Kick kriegt wenn er hilflose Tiere tötet. Wer meint kontrollieren zu können wer lebt und wer stirbt und nur einen hoch kriegt wenn er Gott spielen darf!"

Der Camper steht auf, dass Gewehr in beiden Händen: „Aber ich verrate ihnen etwas. Sie haben keinerlei Kontrolle. Sie sind nicht Gott!"

Sein Opfer schließt die Augen, jedes dieser Worte fühlt sich an wie ein Hammerschlag auf sein Gewissen. Da spürt er auch noch den kalten Lauf seines Gewehrs an seinem Kopf. Unbewusst hält er den Atem an, Tränen fließen. Er will nicht sterben aber tief in sich weiß er, dass der Mann Recht hat. Dass er den Tod verdient für das was er getan hat.

„Aber ich auch nicht." Sagt der Witwer leise und atmet hörbar aus.

Das kalte Gefühl des Gewehrlaufs verschwindet. Der Jäger atmet ruhiger und öffnet die Augen. Er hebt den Kopf langsam und sieht wie der Camper ihm sein Gewehr, mit dem Kolben voraus, entgegen hält. Vollkommen perplex, nimmt er es entgegen und stellt es in den Schnee.

Der wieder ruhig atmende Camper blickt in die roten, tränenden Augen des Jägersmann.

Der Camper dreht sich von ihm weg und öffnet sein Zelt. „Ich nehme nicht an, dass sie mich noch anzeigen wollen."

Er tritt hinein und schließt es hinter sich. Der Jäger braucht einen Moment um alles, was gerade passiert ist, zu verstehen.

Er steht langsam auf, nimmt zögerlich sein Gewehr und geht nach Hause. Dort wird er seine Jagdkleidung wegpacken, dass Gewehr in seinen Safe stellen und diesen verschließen.

Die Patrone des Campers hat er nicht herausgenommen und wird es auch nie.

Franziska Braun

Franziska Braun studiert Kultur- und Literaturwissenschaft in Tübingen. Sie schreibt seit der Grundschule und hat sich schon damals literarische Aufsatzschlachten mit engagierten Mitschülern geliefert. Aufgewachsen in einer tristen Großstadt ohne Drachen und mysteriöse Bahnsteige, blieb ihr nichts anderes übrig, als schon früh mit Kurzgeschichten, Erzählungen und Gedichten für ihre eigene Unterhaltung zu sorgen. Mit "Nebelland" hat sie ihren ersten Roman zu Ende geschrieben und arbeitet gerade, neben Kurzgeschichten und Gedichten, an einem Zweiten.

Hannah

Hannah war stumm wie ein Fisch. Jeden Morgen, wenn wir kamen, sie einkreisten, laut lachten, sagte sie nichts. Schrie noch nicht einmal. Stumm wie ein Fisch.

Ihr Schweigen ärgerte uns, damit entfernte sie sich, nahm nicht teil. Das nahm uns den Spaß. Wir wurden wütender, je länger Hannah stumm blieb. Egal wie fest wir zuschlugen, sie gab keinen Laut von sich, und jedes Mal zum Ende hin wurden unsere Bewegungen fahriger, unbeherrschter. Jedes Mal wurde es schlimmer. Oft waren wir außer Atem, wenn wir sie zurückließen und sie kam danach nicht in die Schule.

Irgendwann merkte ich, wie abhängig wir waren. Wenn wir sie sahen, mussten wir sie schlagen, bis sie sich nicht mehr bewegte. Ich konnte nicht sagen, was wir von ihr wollten. Ich glaube, es wäre nicht so schlimm geworden, wenn sie geschrien hätte.

Stumm wie ein Fisch.

Ich zeichnete gerne. Und weil unser ganzes Dasein nur noch darum zu kreisen schien, wann oder wo wir Hannah wieder trafen, fing ich an sie zu zeichnen. Auf meinem Blatt hatte sie immer Fischaugen, groß und wabblig. Ein Fischmaul. Dazu ihr Kleinmädchenkörper. Ich zeichnete sie in verschiedenen Variationen. Zuerst unversehrt, dann auf den Knien, dann blutig und verunstaltet am Boden.

Mal bekam sie einen Fischkopf, dann ein Tattoo: ein Karpfen über ihrem ganzen Gesicht, seine Flosse ging in die Haarspitzen über.

Einen Fischschwanz. Alles, was Fisch an ihr war, blieb in meinen Zeichnungen unverletzt. Das behielt sie. Da kamen wir nicht heran.

Die Zeichnungen zeigte ich den anderen nicht, sie hätten sie zerrissen. Es war das erste Mal, dass ich „die anderen" dachte. Ich merkte, wie ich es zu verstecken suchte.

Ich war brutal. Verhöhnte, schlug so gut ich konnte. Sah gleichzeitig, was die anderen taten.

Nachts träumte ich von Karpfen.

In den nächsten Tagen meldete ich mich krank. Jeden Besuch wimmelte ich ab. Als die anderen klingelten, für unsere allabendliche Runde, stellte ich mich schlafend. Träumte ohne zu träumen von Tümpeln und runden Telleraugen.

Im Spiegel sah ich mein Gesicht.

Meine Lippen wulstig, meine Augen heller werdend, durchscheinend.

Ich fühlte mich grau. Ich erbrach und schmeckte Schlamm. Wasser beunruhigte mich. Ich mied es, so gut ich konnte, und hielt meine Extremitäten beweglich. Vor allem die Beine. Denn immer wenn ich träumte, wachte ich auf und musste sie mit Gewalt auseinander reißen. Eine Art Haut hatte sich um sie gebildet.

Ich entschied mich, nicht mehr zu schlafen.

Bald hatte ich Atemprobleme. Ging davon aus, das läge an mangelnder Flüssigkeit. Meine Lippen trockneten aus, meine Augen auch. Mein Herz flatterte.

Schließlich hielt ich es nicht mehr aus und badete. Mein Durst war so groß, dass ich mich nicht mühte, das Wasser zu wärmen. Ich füllte die Wanne bis zum Rand, ließ mich hinein fallen und trank, trank, trank bis

meine Augen sich aufblähten vor Feuchtigkeit

meine Lippen auseinanderplatzten

meine Haut glitschte und schmierte.

Wenn ich die Arme an meinen Körper und die Beine aneinanderpresste, konnte ich die Wanne durchschwimmen. Natürlich kam ich dabei nicht sehr weit. Als mein glattes Gesicht das Wasser teilte, erkannte ich den Wunsch, den ich immer gehabt hatte.

Mit dem Maul nahm ich ein Handtuch und zog es in die Wanne. Dann wartete ich, bis es sich vollgesogen hatte, und wickelte mich, meine Lippen und die Bewegung meines Kopfes nutzend, darin ein. So gut es ging, stellte ich mich auf die Füße. Erst als mir das gelungen war, fiel mir auf, dass ich meine Beine nur noch von den Knien abwärts bewegen konnte. Ich sah nicht in den Spiegel.

Langsam schlurfte ich durch die Gassen und kam dabei an den Orten vorbei, wo wir uns amüsiert hatten. Ich begann zu vergessen. An kein Gesicht konnte ich mich mehr erinnern, keinen Weg wusste ich mehr. Es zog mich nur in eine bestimmte Richtung, es lag in der Luft.

Nass

Weit

Kühl

Ich verließ mich nicht auf meine Augen, sehen konnte ich nicht gut. Mit den Lippen erschmeckte ich die Qualität der Luft, prüfte, änderte meine Richtung um ein paar Grad.

Es dauerte ein paar Stunden. Aber ich kam an.

Inzwischen konnte ich auch nicht mehr humpeln. Ich ließ mich fallen und schob mich mit den Schultern und mit schlagendem Hinterteil den Steg entlang. Es wurde immer schwieriger für mich, meine Schultern zu fühlen und trotz des Handtuchs war mir die Luft wieder knapp. Beharrlich schlug ich mit meinem Schwanz weiter auf die Holzplanken, bei den letzten Metern löste sich mein Handtuch, ich fühlte mich ausgeliefert an die trockene Luft - bis mein Kopf über den Rand ragte. Mit einem letzten, verzweifelten Ruck meines Körpers fiel ich hinunter.

Das Wasser umfing mich.

Meine Hände

Meine Hände fand ich schon immer außerordentlich schön. Sie waren das Interessanteste an mir. Oder sollte ich sagen, das Einzige an mir, das interessant war. Hätte ich jemals das Bedürfnis gehabt, mich jemandem zu beschreiben, so wäre „interessant" wohl kein Adjektiv, das ich genutzt hätte. Doch meine Hände waren elegant in ihrer Einfachheit. Ohne glitzernde Nägel, ohne Ringe oder Armreifen waren sie wie gute, japanische Werkzeuge: Die Schönheit lag im Nutzen.

Ich hatte oft Zeit, meine Hände zu beobachten, besonders die Finger, denn wo kann man sich besser mit ihnen beschäftigen als bei der königlichsten aller Beschäftigungen:

Dem Klavierspiel.

„Pfleg deine Hände, Kind, sie sind das Wichtigste an dir", sagte meine Mutter.

Also pflegte ich sie, wusch sie, cremte, bewegte und schonte sie, so oft sich mir eine Gelegenheit bot. Im Unterricht unterhielt ich mich unauffällig mit Fingerübungen, sah mit Verachtung auf meine Sitznachbarn, die ihre Hände mit Kritzeleien verunstalteten. Mein gutes Spiel, die Geschwindigkeit, mit der meine Hände über die Tasten jagten, kam von ihrer Reinheit. Tinte konnte ihnen nicht gut tun.

Solche Überlegungen machten die Stunden, die ich am Klavier verbrachte, einfacher. Nun bestimmten meine Finger den Takt, das Metronom hatte sich nach ihnen zu richten, die Tasten ihnen entgegen zu fliegen. Geradeso, wie ich Druck auf sie ausüben konnte, so konnte ich auch den Druck auf meine Eltern regulieren.

„Hast du deine Fingerübungen gemacht?", fragte meine Mutter.

„Nein."

„Was heißt „Nein"? Es ist spät! Willst du bis in die Nacht am Klavier sitzen?"

„Ich will sie überhaupt nicht machen."

„Du willst sie überhaupt nicht tun! Hast du gehört? Sie will sie überhaupt nicht tun!"

„Was?"

„Die Übungen!"

Ich drehte und wendete meine Hände im Lampenlicht, während erst mein Vater, dann meine Mutter und, nachdem es sich als fruchtlos erwiesen hatte, niemand mehr auf mich einredete. Diese Flexibilität, die Möglichkeiten! Und da, die Erkenntnis: Ich brauchte keine schönen Hände, um Klavier zu spielen. Ich brauchte schöne Hände, um auftreten zu können, um mich zu zeigen. Und eine vage Hoffnung formte sich in mir, die Möglichkeit, zu revoltieren, ohne mit dem aufzuhören, was ich eigentlich wollte, denn, daran konnte kein Zweifel sein: Das Klavierspiel ist mein Leben. Ich habe nichts anderes. Meine Hände mussten funktionieren.

Sanft legten sich mir die Fingerspitzen an die Schläfen, kühl vernichteten sie den Kopfschmerz, den die hilflosen Brüller meiner Eltern hinterlassen hatten. Dann wanderten sie weiter, über meine Wangen, so eingefallen und blass, zu meinem Mund. Dieser winzige Mund, ein Strich in meinem Mondgesicht. Versuchsweise öffnete ich ihn, mein Mittelfinger schob sich hinein und ich biss darauf. Keine Reaktion. Er veränderte seine Position, rutschte über die Zahnreihe nach hinten, fand einen Backenzahn und ich schloss meinen Mund erneut. Diesmal mit etwas mehr Kraft.

Den ganzen Abend erforschte ich die Schmerzzonen meiner Hände. Über den Nägeln zum Beispiel oder am Häutchen, das sich zwischen Daumen und Zeigefinger spannt. Dann kaute ich an meinen Nägeln, merkte, dass mich das nicht befriedigte, und riss stattdessen Teile meines Nagelbetts ein. Die Nägel waren mir im Weg, also schnitt ich sie, so kurz es ging.

In der Schule bemerkte keiner die aufgerissenen Stellen. Mein Stuhl stieß an die hintere Wand, ein Wunder, dass sich die Lehrer an meinen Namen erinnern konnten. Zuhause war die Aufregung groß. Es beeindruckte mich nicht. Die Arme immer leicht angewinkelt, die Hände erhoben, mit den Handflächen nach außen, war ich geschützt vor meiner Mutter, war eine Wand zwischen mir und ihr, undurchdringlich, unumgehbar. Und ich war unerreicht.

Das Blut an meinen Fingern war jedoch unangenehm. Eines der wenigen Dinge, die mich an meinem neuen Bewusstsein störten. Dazu kam das Kratzen, denn nach kurzer Zeit begannen sie fürchterlich zu jucken. Es konzentrierte sich auf den Handrücken und die Fingerspitzen. Bald war die Oberfläche aufgeraut und schorfig, meine Fingerkuppen rau und zerbissen. Das Ärgerliche war nicht das Aussehen, in gutem Licht hatte es durchaus etwas Apartes, wirklich irritierend war der Geschmack. Nach wie vor schoben sich meine Hände in den Mund, wenn ich unsicher war, aber inzwischen erinnerte mich der metallische Ton auf meiner Zunge an die vernachlässigten Klavierübungen. Es zog mich wieder zu den Tasten. Jedes Mal, wenn ich nach Hause kam, stand in der Ecke das Klavier und wartete. Es breitete seine schwarze Passivität wie eine hockende Kröte aus und forderte meine Aufmerksamkeit. Forderte sie! Meine Hände halfen mir nicht, aufhören konnte ich auch nicht. Nach drei weiteren Tagen voll von Überredungsversuchen meines Vaters, Schreien meiner Mutter hatten sie mich soweit. Ich ließ mich verführen. Rote Finger auf weißen und schwarzen Tasten – wie romantisch. Sogar die böse Königin hatte ich, nur keine Zwerge. Ich wollte nicht so albern sein und an einen Prinzen denken. Ich öffnete das Klavier.

Mit kindlicher Naivität hatte ein Teil von mir gehofft, dass die Veränderung mein Spiel beeinflussen, ich sogar gar nicht mehr spielen könnte. Meiner Mutter allen Wind aus den Segeln und unser einziges Gesprächsthema nehmen könnte. Unsinn. Meine Finger tanzten für die Musik, hinterließen bräunliche Abdrücke auf den Tasten. Die Verletzungen an den Kuppen erhöhten mein Ausdrucksvermögen. Ich spürte jeden einzelnen Ton, der das Instrument verließ.

Dann das Unvermeidliche:

„Du wirst wieder auftreten. Ich sage dir, du wirst wieder auftreten und wenn dein Vater dich hinzerren muss. Wir werden diese Spielchen nicht länger dulden."

„Du brauchst mich gar nicht so anzusehen. Wenn du wieder übst, kannst du auch auftreten. Du wirst es noch bereuen, eine so lange Pause eingelegt zu haben."

Sie buchte einen Saal, ließ die Einladungen fertig stellen und handelte den Auftrittspreis aus. Ich schloss mich in meinem Zimmer ein. Beobachtete, wie das Licht des Tages Muster auf die Wände malte, machte meine Schulaufgaben, obwohl ich sie schon lange nicht mehr benötigte. Ein Konzert in drei Wochen. Wartende, kritische Gesichter in Reihen über Reihen, die sich vor mir auftürmten. Beurteilend, prüfend, nicht hier, um mein Spiel, sondern um meine Fehler zu hören. Ich allein mit dem Klavier, um mich das Publikum, lauernd. Ein Konzert in drei Wochen. Ein Konzert in drei Wochen!

Die Hände hatten sich als nutzlos erwiesen, kein Schutz mehr, keine Kraft. Ich beschloss, das Kauen sein zu lassen.

Doch am Abend des Konzerts hatte ich es immer noch nicht geschafft. Meine Finger sahen aus wie zuvor, die Haut um die Nägel rissig und rot, Kratzspuren auf Handrücken und Gelenken.

„Du wirst bis kurz vor dem Spiel Handschuhe tragen, das sieht ja grauenvoll aus!", sagte meine Mutter.

Sie hatte mir mein Kleid herausgelegt, über mein Bett breitete es sich aus, als ich von der Schule kam.

Der Hinweg im Auto war nervenaufreibend. Wir standen im Stau, sie fluchte und schluchzte abwechselnd, ich trommelte mit der Hand auf die Armlehne.

„Ich bin froh, dass du endlich zur Vernunft gekommen bist", sagte meine Mutter.

Ich schwieg.

„Es wäre eine Schande, wenn dein Talent verschwendet werden würde", sagte meine Mutter.

„Das hätte Tante Linda noch erleben müssen!", sagte meine Mutter.

„Ich bin so stolz!", sagte meine Mutter.

Es hupte mehrmals vor uns, der Stau löste sich, es ging weiter. Wir kamen gerade rechtzeitig an. Blumensträuße für später standen schon in Wassergläsern bereit, meine Mutter lachte laut und glücklich. Als es soweit war, wurde ich herbei gewunken und betrat die Bühne.

Die vielen Blicke lasteten schwer auf mir. Ich trat an den Rand bis vor den unbesetzten Orchestergraben, verbeugte mich, lächelte und setzte mich an den Konzertflügel, der die Bühne dominierte.

Gerade rechtzeitig erinnerte ich mich an die weißen Handschuhe und pulte sie mir von den Fingern. Die Spitzen hatten eine rötliche Farbe angenommen. Ich setzte die Fingerkuppen auf die kühlen Tasten. Es wurde, wenn möglich, noch stiller. Man atmet viermal durch, bevor man beginnt, man atmet - und richte schon jetzt die Stellung deiner Hand, geh jetzt nicht mehr die Noten durch, wenn du's kannst, kannst du's und wenn nicht...blank den Kopf, fokussiere auf die Tasten, schalt das Publikum aus -

Ich begann.

Welche Fähigkeiten die Menschen mit ihren Händen erlangten. Herstellen, bauen, dokumentieren, schöpfen! Wie flexibel und geschickt die eigenen Fingern, welche Geschwindigkeit man solch präzisen Bewegungen antrainieren kann. Von Vorderfuß zu Pinzettengriff zu der Erschaffung von Werkzeugen, Buchstaben, Tönen. Welche Entwicklung! Vierzehn Fingerknöchelchen sprangen, flogen, wirbelten über die Tasten, wesentliche Schritte der Menschwerdung, diese Körperteile: Die Hand als Werkzeug des Geistes.

Unnötig zu sagen, dass ich meine Stücke mit Bravour beherrschte. Erschöpft und zitternd beendete ich sie und hämmerte die finalen Akkorde in den Saal, bohrte sie mit der Kraft meiner Finger so tief in den Bühnenboden, dass ich meinte, Holz krachen zu hören. Die Töne raubten mir und dem Publikum jeglichen Platz zum Existieren. Sie dehnten sich über den Raum aus, krallten sich durch die Ohren in die Hirne der Leute und schüttelten, schüttelten! Bis der Nachhall riss und die Spannung meinen Körper verließ.

Jubel brandete auf, durchbohrte mich mit Erleichterung, da saßen meine Eltern mit glänzenden Gesichtern. Vater lächelte, Mutter hatte geweint, die Tränenspuren zogen ihr das schwarze Make-up von den rötlichen Wangen und in ihrem Schoß lag ein zerknülltes Taschentuch. Man verlangte eine Zugabe. Meine Eltern standen auf und riefen etwas, großartig vielleicht, sie hielten sich an den Händen. Ich fühlte mich wie auf den Hocker gedrückt von der Schwere meiner Schultern. Mit einer unendlichen Kraftanstrengung hob ich die Füße von den Pedalen und stemmte sie auf den Boden. Dann stützte ich mich am Flügel ab und richtete mich auf.

Ich verbeugte mich nicht. Stattdessen bewegte ich mich in Schildkrötengeschwindigkeit nach vorne, manövrierte um den Konzertflügel herum und drehte dem Publikum den Rücken zu. Das Klatschen, rhythmisches Knallen von Haut auf Haut stolperte aus seinem Takt, wurde schwächer und verklang. Man rief nichts mehr. Ich atmete.

Meine rechte Hand griff sanft nach der Linken und legte sie auf den Flügelrand, dort, unter die aufgerichtete Klappe. Mit den ersten Fingergliedern erfasste ich das Innere, die Eingeweiden des Korpus. Mit der Rechten holte ich aus, stieß die Stütze zurück und schlug die Klappe mit aller Kraft herunter.

Knochen splitterten.

„Maria!", schrie meine Mutter.

Marco Capitano

Marco Capitano schreibt, weil er schreiben möchte.

Immer wieder sammeln sich Gefühle, Erinnerungen, Ideen, Impressionen, Wünsche, Überlegungen und Entschlüsse in einem Ausmaß an, dass sie aus der Wirklichkeit in eine fiktive übertragen werden müssen; um Konzepte durchzuspielen, die es in ähnlicher Form gegeben haben könnte. Literatur im wissenschaftlichen Sinne spielte keine Rolle, interessiert ist er ausschließlich an den Ideen und Geschichten normaler Menschen die, während sie gezwungen sind, ihre wenige Zeit mit unsäglichem Unsinn zu verschwenden, ungezwungen für sich schreiben und nicht nur, um zu veröffentlichen (oder noch nie veröffentlicht haben). Ein Shane Jeffery ist nunmal beileibe kein Günter Grass - im Gegenteil, denn er hat tatsächlich eine Geschichte zu erzählen. Die vorliegende Kurzgeschichte, so sehr sie auch auf den Massenmarkt zugeschnitten scheinen mag mit ihrer Überdosis an Sex, Spuk und Jugenddrama, stellt vielmehr seine einzige fertiggestellte Kurzgeschichte überhaupt dar - demgegenüber stehen eine Reihe geschlossener Novellen, deren Exzerption in diesem Kontext wenig Sinn ergeben hätte. Ansonsten ist er interessiert an der Musik und war auch hier stets bemüht, etwas Eigenes zu erschaffen (momentan versucht sein Soloprojekt Great Bay Temple eine inhaltliche Brücke zu seinen Schriften zu schlagen. LIKE US! TWITTER US!!!111).

Melissa

Es war schon weit nach 2 Uhr morgens, als sich Joshua anschickte seinen Rechner herunterzufahren und sich Schlafen zu legen.

Die letzten vier Stunden über war er vollkommen in der Welt, die er gerade niederschrieb, gefangen gewesen und hatte noch einmal die ganze Hölle mit Melissa durchlebt.

Nach mehr als 30 Computer Seiten, einer Flasche Rotwein und rund zwei Litern Bier breitete sich in Joshua, wie nahezu jeden Abend, dieses vertraute Gefühl aus Bettschwere, gedämpfter Wahrnehmung und leichter Euphorie aus.

Seine Geschichten verkauften sich auf dem digitalen Büchermarkt nicht schlecht und zusammen mit dem Arbeitslosengeld, das er monatlich bezog, konnte er sich seinen einfachen Lebensstil gut leisten.

Er wohnte unter dem Dach eines von acht Mehrfamilienhäusern, die alle wie gigantische Brückenpfeiler aussahen.

Sie waren im Rechteck angeordnet und ließen so in ihrer Mitte einen kleinen Innenhof frei, der von Joshuas Fenster und Balkon aus gut zu sehen war.

Er verließ seine Wohnung nur dann, wenn es unbedingt sein musste und verbrachte nicht wenig Zeit seiner Tage damit aus dem Fenster zu schauen.

Joshua legte sich schwer ausatmend auf sein Bett und ließ sich in die tröstende und befreiende Umarmung des Halbschlafs fallen, die ihn langsam wegtragen würde, ihm neue Ideen brächte und ihn vielleicht sogar eines Tages lange genug geborgen halten würde, das er nicht mehr mit brennenden Eingeweiden und stechenden Kopfschmerzen am frühen Nachmittag des folgenden Tages erwachte.

Doch statt wie üblich langsam davon zu gleiten, lag er weiterhin betrunken auf dem Bett, ohne, dass sein Körper irgendwelche Anstalten machte einzuschlafen.

Eine kühle Brise streifte seine Wange und sanfter Regen, der angenehm auf das schräge Dach prasselte, setzte ein.

Das Eigenartigste daran war nicht einmal, dass die Nacht eines heißen Julitages so gut wie immer ein unwetterartiges Gewitter und keinen leichten Nieselregen mit sich brachte, sondern dass

Joshua in seinem betrunkenen Zustand das Wetter überhaupt bewusst wahrnahm.

Er spürte auch, dass sich eine seltsame Klarheit in seinem Geist ausbreitete, wie er sie schon seit Jahren nicht mehr wahrgenommen hatte.

Joshua stand wieder auf und trat an das Fenster; erst als er den Rollladen hochzog bemerkte er, dass ihm kaum schwindlig war und verwundert ließ er seinen Blick über den von einer gelblichen Straßenlaterne beleuchteten Innenhof der Wohnanlage schweifen.

Seine Gedanken trieben dabei zu dem am nächsten Tag anstehenden Ereignis, das ihn schon seit Wochen beschäftigte: Auch wenn er geplant hatte die Geschichte von Melissa und ihm selbst noch heute Nacht fertig zu stellen, würde es doch nur maximal eine weitere Stunde des nächsten Abends in Anspruch nehmen.

Dann konnte er die Datei entspannt an seine Lektorin verschicken, die alles weitere in die Wege leiten würde.

Es hatte Joshua niemals gekümmert inwieweit seine Geschichten verändert wurden bevor sie erschienen, noch hatte er jemals auch nur einen Blick auf eine veröffentlichte Fassung geworfen.

Das einzige was ihn überhaupt am Schreiben reizte war Geld zu verdienen und sich nebenbei noch Dinge von der Seele schreiben zu können.

Dinge die ihm so sehr zusetzten, dass selbst der Alkohol in letzter Zeit immer öfter ausging bevor Joshua Erinnerungen verdrängen und Gefühle betäuben konnte, die er nicht mehr haben wollte.

Seit Jahren hatte ihn keiner mehr lachen sehen und Joshua weinte auch nicht im Verborgenen; kalt, freudlos und mit bohrenden Kopf- und Gliederschmerzen verbrachte er seine Tage, nur um dann beim Untergang der Sonne aufzublühen und von so vielen Empfindungen auf einmal übermannt zu werden, dass er gezwungen war sich wieder und wieder zu betäuben, bis sie in ihrem Maße erträglich wurden.

Und auch wenn seine Romane stets nur ein abstraktes und verzerrtes Bild seiner selbst wiedergespiegelt hatten und das Thema Liebe oftmals kaum anrissen, war sie unterschwellig immer Grund und Ursache all seines Schreibens gewesen.

Für Joshua war es kein Geheimnis, dass er all die Jahre auf diesen Roman hingearbeitet hatte; Melissas Geschichte war mit der seinen eng verwoben, sie war Dreh- und Angelpunkt seines Lebens gewesen, vor Melissa war sein Leben ziellos dahingeplätschert, seit ihrem Fortgang nur noch ein Sterben auf Raten.

Morgen um diese Zeit befände er sich, nachdem er sich genug Mut angetrunken hatte, mit Sicherheit schon am Strand unten und im Wasser leblos dahin treibend, bald vergessen.

Ohne auch nur noch den Hauch der Trunkenheit zu verspüren, sah Joshua einige Sekunden dem Regen zu, wie er in feinen Fäden an der Straßenlampe vorbei fiel, dann spürte er wieder einen eisig kalten Lufthauch an sich vorbeiziehen.

Obwohl in dem kleinen Zimmer gleich darauf wieder brütende Hitze herrschte, schloss er verwundert das Fenster.

Als Joshua sich danach jedoch wieder zu seinem Bett umwandte, blieb ihm beinahe das Herz stehen.

Auf seinem Bett sah er eine Frauengestalt liegen die er noch nie zuvor gesehen hatte.

Irgendetwas (und Joshua konnte sich nicht genau erklären was genau es war) ließ sie nicht ganz real erscheinen.

Ihm kam das Bild seines Fernsehers in den Sinn, wenn er einen Sender nicht fein genug eingestellt hatte.

Dann fiel ihm wieder ein, dass er seit sieben Jahren keinen Fernseher mehr hatte und das TV-Programm verabscheute.

An ihrem schlanken Körper trug die Frau ein langes Sommerkleid, das weißfarben und mit großen schwarzen Blumen bedeckt war.

Sie hatte volles, langes, pechschwarzes Haar und ein schmales Gesicht, das unter normalen Umständen vermutlich freundlich, auf ungewöhnliche Weise sogar hübsch gewirkt haben mochte, doch im Moment war es von Sorge gezeichnet und ließ sie müde und angespannt wirken, auch machte sie einen kränklichen Eindruck und hatte dunkle Ringe unter den Augen.

In ihren Ohrringlöchern trug sie feine silbernfarbene Fäden, die seltsam leblos von ihrem Kopf herabhingen.

Joshua schätzte sie auf keinen Tag älter als 25.

Nachdem der erste Schreck gewichen war und Joshua in den Sinn kam, dass er sich trotz massivem Alkoholismus noch nie Personen eingebildet hatte und dass er sich momentan sowieso so nüchtern und klar wie schon seit Jahren nicht mehr fühlte, akzeptierte er die Anwesenheit der Frau mit stoischer Gleichgültigkeit.

Was machte das schon für einen Unterschied, dass jemand Fremdes unbemerkt in seine Wohnung eingestiegen war?

Er würde keine 24 Stunden mehr leben und von der Frau schien keinerlei Bedrohung auszugehen.

Gerade als er sie, nachdem er sie noch eine Weile länger in Augenschein genommen hatte, höflich darum bitten wollte sein Zimmer zu verlassen (etwas anderes wäre ihm unter gar keinen Umständen in den Sinn gekommen, praktizierte er doch seit damals Asexualität in ihrer bedingungslosesten Form), sprach sie zu ihm.

„Guten Abend Joshua" sagte sie mit ruhiger, leiser Stimme „ich bin Evanna, deine Vormieterin! Nachdem ich jedes deiner

Bücher bei deren Entstehung mitgelesen habe, bin ich zu dem Entschluss gekommen, dass ich dir etwas zeigen sollte!"

Erst jetzt bekam es Joshua für einen kurzen Moment wirklich mit der Angst zu tun.

Was auch immer der Begriff mitgelesen bedeuten mochte, er hatte noch nie mit einem seiner Leser zu tun gehabt, geschweige denn einer fanatischen Verehrerin, die ihm nachstellte.

„Es freut mich dass Ihnen meine Bücher gefallen, aber lassen Sie sich gesagt sein, dass ich ausschließlich schreibe um mein Ego zu befriedigen und die Geschichten in ihrer veröffentlichten Form unter Umständen stark verfälscht sind!"

Er sprach mit fester Stimme und währenddessen schritt er langsam auf das Bett mit Evanna zu, bereit zuzupacken und sie im Notfall mit Gewalt vor die Türe zu setzen.

Seltsamerweise schien sie mit jedem Schritt, den er auf das Bett zutat, mehr an Farbe und Kontur zu verlieren und als er sich schließlich neben sie auf das Bett setzte, wirkte der Körper schemenhaft und substanzlos, während sie sich lässig auf ihre linke Seite rollte und ihm sogar kurz zulächelte.

„Genau in dieser Nacht, als ich mit Melissa auf meinem schäbigen kleinen Balkon stand und wir uns in den Armen hielten, während wir in den Hof der Wohnanlage sahen," rezitierte Evanna fehlerlos Zeilen, die Joshua, dessen Augen sich vor Entsetzen weiteten, vor wenigen Minuten erst in seinen Computer eingegeben hatte „in eben jener Nacht, als sich Vergangenheit und Zukunft schlossen und den Weg offenbarten, der uns beiden zugrunde gelegt worden war, in eben jener Nacht, noch bevor wir die Weingläser von uns warfen und auf ihrem schäbigen, kleinen Balkon übereinander herfielen, hatten wir uns ein Versprechen gegeben.

Noch sehe ich sie vor mir, das Gesicht, wie immer wenn sie mich ansah, zu einem leicht spöttischen, wissenden Ausdruck verzogen, der im ersten Moment abschätzig wirken konnte, doch vermochte ich in ihren Augen immer den milden Hauch bedingungsloser Hingabe zu lesen.

Wie zwei Hände die zusammenfanden, waren Melissas und mein Leben eins geworden.

Das Glück erleichterte mich um die Fähigkeit denken zu müssen und bereitete eine Dimension der Geborgenheit um uns, der uns vor allem was die Welt außerhalb tat oder für richtig hielt abschirmte.

Die Tage wurden zu Monaten, Jahren und Ewigkeiten, in denen wir nur engumschlungen beieinander lagen und jeden Moment auskosteten.

Und als die Strahlen der blassen Morgensonne zu uns heraufgeklettert waren, ließen wir voneinander ab, kehrten zurück in ihre Wohnung und legten uns schlafen.

Nie werde ich vergessen wie Melissas zerzaustes Haupt nah an meinem lag, während wir beide beinahe zeitgleich erwachten und sie mir das glücklichste Lachen schenkte, das ich jemals vernommen hatte.

Es drang in Schichten vor, von denen ich nicht einmal geahnt hatte, dass sie im Herzen eines Mannes existieren konnten.

Bald wird es dich das Leben kosten!" fügt Evanna ohne Spott hinzu.

Mehr interessiert als peinlich berührt sah Joshua sie durchdringend an, als galt es ein spannendes Hörbuch weiterzuverfolgen, was Evanna kurzzeitig sichtlich verunsicherte.

„Ja, da hast du eine dramatische Stelle gewählt!" sagte er und bedachte sie mit einem nachsichtigen Lächeln, während er fieberhaft überlegte wie sie sich wohl in sein Zimmer geschlichen und den ganzen Abend über verborgen gehalten hatte; je mehr er darüber nachdachte, desto mehr amüsierte ihn die Anwesenheit seiner angeblichen Vormieterin.

Doch als er ihr zynisch grinsend auf die Schulter klopfen wollte, um ihr zu verstehen zu geben, dass der Spaß nun zu Ende sei und sie doch nun gehen möge, griff seine Hand ins nichts und er landete, nachdem er unfreiwillig und ohne den geringsten Widerstand durch Evanna durchgefallen war, ungeschickt auf seinem Bettlaken.

Wieder wandte sie sich ihm zu während er sich umständlich hoch kämpfte, doch hatten ihre Züge jetzt einen Großteil ihres menschlichen Anscheins eingebüßt und sie funkelte ihn in einer grausigen Grimasse böse an, was ihn, halb aufgerappelt, wieder auf das Laken zurückfallen ließ.

Ihr Stimme war nun höher und kälter als sie sprach: "Mich hat es das Leben gekostet!"

Und dann war es Evanna, die ihre Hand nach Joshua ausstreckte und als sie ihn berührte, begriff er augenblicklich.

Eine vielleicht fünf Jahre jüngere Ausgabe von Evanna stand am Rande eines großen, von grellen Lichtern und lauter, elektronischer Musik durchzuckten Raumes und hatte den Blick nach unten gerichtet.

Sie sah weniger ungesund als in ihrer gegenwärtigen Form aus und war auch weitaus eleganter gekleidet.

Extatisch tanzte eine Menge Menschen im Zentrum des Raumes, doch von ihr nahm niemand Notiz.

Der Rhythmus der Musik steigerte sich in seiner Geschwindigkeit, während Evanna langsam den Kopf hob und in den Pulk blickte.

Niemals hätte sie auf Karin hören sollen, dies war keiner der Orte an denen sie sich freiwillig auch nur einen Moment aufgehalten hätte und gleichwohl schien auch keiner der hier Anwesenden sie teilhaben lassen zu wollen, selbst Karin und ihr Freund waren in dieser wabernden Masse aus Formen und Farben aufgegangen.

Eine anklagende, schmelzvolle Gesangstimme durchbrach nun die anschwellende Musik und kommentierte die sich abspielende Szene auf ihre Weise.

Und da war er wieder, der große Abgrund, der sich zu ihren Füßen auftat, an diesem Tag wohl schon zum zweiten Mal.

Und nichts, nichts das sie vom Sprung abhielt, nichts das sie auch nur in irgendeiner Weise nach außen hätte tragen könne.,

Zusammen mit ihrer Angst war sie in den wenigen Quadratzentimetern Körper gefangen, die ihr gegeben waren und keiner würde ihr heraushelfen.

Evanna entdeckte daraufhin ein wohl bekanntes Pärchen in ihrer Nähe, das dicht aneinander tanzte; am Ende jeder Taktreihe des Musikstücks warf sie ihren Kopf neckisch nach hinten und ihr Begleiter grinste immer angetaner.

Sie fragte sich, ob sie sich jemals in einer ähnlich lächerlichen, anmaßenden, unreifen aber doch wunderschönen Situation befinden würde.

Noch viel später in dieser Nacht stand Evanna auf dem Balkon ihrer kleinen Mietwohnung, sah auf den winzigen Innenhof der Wohnanlage hinab, der sich seit sie eingezogen war kein Stück verändert hatte, und ihre Gedanken kreisten unablässig um ihr Einzelgängerdasein und dessen Unveränderlichkeit.

Seit sich Karin und ihr Freund Elias vor ein paar Jahren zum ersten Mal getroffen hatten, waren sie zu dritt gewesen:

Elias und Karin - das perfekte Liebespaar - und sie, Evanna, beste Freundin beider, aber viel zu ausgefallen um sich an einen anderen Menschen binden zu können und viel zu verschlossen um die angestaute Hingabe und Lust in angemessenem Rahmen einem anderen Menschen respektvoll entgegenbringen zu können.

Evanna dreht sich um und ging in ihr Zimmer zurück; die Welt war in bester Ordnung und so wie sie sein sollte.

Als sie nach zwei schlaflosen Stunden wieder aufstand und ihren Laptop hochfuhr, fühlte sie sich so elend wie schon lange nicht mehr.

Joshua lag noch immer auf dem Rücken und während er endlich begriff was gerade geschehen war, hatte Evanna ihre Hand wieder zurückgezogen.

Beide befanden sie sich nun nebeneinander auf Joshuas Bett liegend und starten vor sich hin.

„Aber dann hat sich wohl alles verändert?" fragte Joshua schließlich und Evanna nickte langsam, als er sich zu ihr umdrehte.

„Das es einen immer im schlimmsten Moment treffen muss…In der Zeit als Melissa und ich uns das erste Mal begegnet sind, ging es mir ebenfalls alles andere als gut!" „Ich weiß" sagte Evanna, und dann begann sie ein Kapitel wiederzugeben, dass Joshua bereits vor einigen Wochen niedergeschrieben hatte.

Es war einer dieser Nachmittage an denen ich unter allen Umständen daheim geblieben wäre, hätte nicht die Arbeit gerufen.

Während die U-Bahn unweigerlich dem Nachtcafe Buchmann, von den ganzen Idioten die es abends aufsuchten auch ‚The Book' genannt, entgegenfuhr, ließ ich mein Blick über das zweifache Dutzend meiner Mitfahrer schweifen und mir wurde schlecht.

Natürlich lag das auch an dem drittklassigen Kaffee, den ich in einem labbrigen Pappbecher in meiner Hand hielt und ebenso daran, dass ich mich gestern mal wieder betrunken hatte - am meisten störte es mich jedoch tatsächlich, all diese dämlichen Menschen um mich zu haben, genau die selbe Sorte, wie sie auch das Nachtcafe   aufsuchten: Einige Jahre jünger als ich, ungebildet, medienverseucht, mit fest in der Hand verwachsenem Smartphone und die Augen, in vermeintlich unbeobachteten Momenten, ständig zwischen all den anderen hin- und herhuschend, in der blanken Angst, einen offenen Makel zur Schau tragen zu können.

Wie ich sie verabscheute, die Generation, die nach mir kam.

Zwei Stationen bevor ich ausstieg geschah dann schließlich auch das Unvermeidliche und eines von zwei besonders kreischigen Mädchen die zustiegen, stieß in ihrer geistigen Umnachtung so heftig gegen meinen Kaffeebecher, dass ich mir dessen Inhalt unweigerlich über meine frisch gewaschene, weiße Hose leerte.

Doch statt sich wenigstens zu entschuldigen, warf sie mir mit ihrem auf geradezu groteske Weise zugeschminkten Gesicht nur einen mitleidigen Blick zu, um dann ungerührt weiterzugehen.

Nachdem ich ihr eine unflätige Berufsprofession hinterher gerufen hatte realisierte ich, dass ich nun zwei Optionen hatte und beide zu meinem Nachteil gereichen würden: Entweder erschien ich mit der ruinierten Hose zur Arbeit und würde gleich wieder heimgeschickt werden um eine neue anzuziehen oder ich ging in das seltsame bunte Kleidergeschäft, das letzten Sommer drei Häuser neben ‚The Book' eröffnet hatte, in der Hoffnung, schnellst möglichst etwas adäquates finden zu können.

Als ich den Laden dann wenige Minuten später betrat, verließ mich jedoch augenblicklich der Mut und ich bereute mein Vorhaben auf der Stelle.

Aus Lautsprechern, die überall auf der Verkaufsfläche verteilt waren, sickerte plärrige Popmusik der besonders nervigen Art in der Lautstärke einer vielbesuchten Dorfdiskothek und über den ganzen Raum verteilt hingen rot grundierte Schilder, die mit weißfarbener Schrift „Sale" verkündeten.

Anscheinend war die hiesige Zielgruppe schon derart verblödet, dass sie ein offensichtliches Bekleidungsgeschäft für ein Kleidermuseum halten musste, wenn man nicht einen coolen Weg fand dieses Missverständnis aus dem Weg zu räumen; unnötig zu erwähnen, dass einige Kleidungsstücke, an denen ich in meiner verzweifelten Suche nach der Männersektion vorbeiging, durchaus den Eindruck machten, in ein eben solches Museum zu gehören.

Gerade ich als ich drauf und dran war beim Anblick der Männerabteilung, die sich in einem schwarzen Regal voll Jeanshosen und einem müden Drehständer mit Oberteilen erschöpfte, in schallendes Gelächter auszubrechen, sah ich einen Engel auf mich zukommen, auf dessen Bluse ein kleines Schild „Melissa" verkündete.

Nach dem anregendsten Gespräch meines bisherigen Lebens und bepackt mit sechs verschiedenen Kleidungsstücken, verließ ich etwa 90 Minuten später den Laden.

Als mir meine Geschäftsführerin beim Betreten der Küche vorwarf, ein unglaublich unzuverlässiger und wenig brauchbarer Mitarbeiter zu sein hörte ich kaum hin und verweilte in meinen Gedanken immer noch bei Melissa, die versprochen hatte nach ihrem Ladenschluss hier vorbeizukommen.

Kaum hatte der Stundenzeiger der schmutzigen Küchenuhr die acht berührt, verließ ich, unter dem fadenscheinigen Vorwand ein paar Gäste nach weiteren Bestellungen zu fragen, die Küche und suchte dabei den ganzen Raum ab, bis ich Melissa schließlich alleine an einem kleinen Zweiertisch sitzen sah.

Sie strahlte, als sie mich in meinen albernen Kellnerklamotten auf sich zukommen sah und bedeutete mir, auf dem Stuhl ihr gegenüber Platz zu nehmen.

Ich setzte mich und wir reichten uns die Hände, um uns lange Zeit nur anzusehen.

Nachdem wir es dann in meiner Pause in Melissas geparktem Wagen und später dann in meiner kleinen Wohnung getrieben hatten, wusste ich auch, dass ich mich endlich einmal ernsthaft verliebt hatte.

Evanna schloss die Augen und schüttelte den Kopf: „Nur weil letzten Endes alles den Bach runter gegangen ist, musst du doch nicht so spöttisch über einen der wichtigsten und schönsten Momente deines Lebens schreiben!"

Doch Joshua winkte nur grummelnd ab und überlegte, ob er sich die Mühe machen sollte, aufzustehen und sich ein Bier aus der Küche zu holen.

Nachdem ihn schon Geister heimsuchten, wäre es mit Sicherheit kein Fehler die verbleibenden Stunden seines Lebens im Rausch zuzubringen.

Doch irgendwie schien Evanna auch diesen Plan durchschaut zu haben und hinterlistig grinste sie ihn an: „Spar dir die Mühe, du wirst ja doch nüchtern bleiben so lange ich noch etwas zu erzählen habe!"

Also blieb er einfach auf seinem Rücken liegen und harrte der Dinge, die noch kommen mochten.

Hatte er seine Begegnung mit Melissa wirklich in dieser Form niedergeschrieben?

Aus Evannas Mund klangen seine Worte so hart und angeberisch, dabei hatte er doch nur versucht ein besonders das Kapitel zeitgemäß und unterhaltsam zu gestalten.

Was machte es da schon aus, die Wirklichkeit etwas zu strapazieren?

Natürlich hatte er in Wirklichkeit schon lange zuvor gewusst wo Melissa arbeitete, natürlich hatte er ihr seit Monaten nachgestellt und natürlich hatte er den Moment, als Melissa in Kummer aufgelöst und beschwippst in seinem Nachtcafe saß, gnadenlos ausgenutzt.

Und trotzdem hatte er sie geliebt.

Zumindest nachdem er sie ein paar Wochen lang auf Abruf gehalten hatte und urplötzlich mit einem eigenartigen Gefühl der Zuneigung konfrontiert gewesen war, das er schon beinahe vergessen hatte.

Zuvor sorgte er stattdessen immer dafür (und besonders einfach war es bei Onlinebekanntschaften gewesen), dass eine Frau sich in ihn verliebte, während er stets die Kontrolle behielt und bei Zeit das Verhältnis kappte.

Für Melissa jedoch empfand er mit der Zeit tatsächlich eine starke Zuneigung.

Als er in Evannas verwaschenes und müdes Gesicht blickte, packte ihn leichte Scham.

Der Regen draußen war stärker geworden und das formlose Aufklatschen der schweren Tropfen auf dem Asphalt drang durch das geöffnete Fenster herein, während das Dach über ihnen immer lauter unter der Last des Regens ächzte.

Wieder griff Evanna mit ihrer Hand nach Joshua und diesmal meinte er sogar sie kurz zu spüren, bevor er wieder von einem Schwall Gedanken mitgerissen wurde.

Als Evanna sich um halb fünf in der Nacht endlich von ihrem Laptop lösen konnte und sich hinlegte, war sie hundemüde und doch brannte in ihr die Flamme der freudigen Erregung.

Bereits seit sie gesehen hatte, dass Eric auch online war, hatte sie den deprimierenden Abend in der Diskothek schon halb vergessen, und während sich beide abwechselnd doppeldeutige Scherze und tiefsinnige Gedankenfetzen zusandten und Evanna die Diskographie des seltsamen und doch anziehenden Sängers, der in der Disko gelaufen war, herunterlud und mit wachsender Begeisterung anhörte, war es ihr, als habe sie sich niemals elend gefühlt.

Irgendwo da draußen in der selben Stadt war jemand, der sie verstand und all die Gedanken und Gefühle zuordnen konnten, die ihr wie wild abgeschossene Pfeile durch den Kopf schwirrten.

Sie hatten sich für den nächsten Tag um 21.00 Uhr, bei Sonnenuntergang, in der Nähe der alten Ruine verabredet, dann würde sie Eric endlich persönlich gegenüber stehen.

Sie wusste genau, worauf das Treffen wohl raus laufen würde und genau das freute Evanna am meisten.

Karin und Elias wären dann zutiefst beeindruckt und sie selbst würde sich endlich als ein Mensch unter vielen fühlen können.

An den verronnen nächsten Tag, der ihrem Date vorausgegangen war, konnte sich Evanna nicht mehr erinnern, wohl aber an die quälend langen Minuten, die sie um Punkt 20 Uhr an den Toren der alten Ruine verbrachte bis Eric endlich auftauchte.

Als er dann vor ihr stand war er kleiner als sie vermutet hatte; seine Art sich zu Bewegen und die Kleidung die er trug wirkten dafür umso erwachsener.

Er schenkte ihr ein hinreißendes Lächeln und gab eine pointierte Entschuldigung für seine Verspätung von sich, die Evanna in ihrer Erregung aber kaum wahrnahm.

Obwohl sie an Erics Lippen hing, waren die Worte doch nur seltsame Geräusche, die an ihren Ohren vorbeisummten.

Evanna fragte sich vielmehr, ob die Zunge, die hinter diesen sprechenden Lippen lag, genauso gut zu küssen vermochte, wie sie es sich in den langen Nächten, in denen sie mit Eric geschrieben hatte, ausgemalt hatte.

Als die Sonne schließlich so tief stand, dass nur noch ein winziges Stück zu sehen war, das die Landschaft in müdes Orange tauchte, setzten sich beide auf den Holzsteg eines kleinen Weihers, der ein Stück unterhalb der Ruine in einem Meer von Schilf gelegen war.

Die Hitze des Tages war noch allgegenwärtig und ließ Evanna immer mehr auf ein Kissen aus Wohlbehagen und Sehnsucht fallen.

Sie erzählte Eric von vergangenen Momenten die sie sich selbst noch kaum eingestanden hatte.

Endlose Tage in ihrem Zimmer, während das Leben vor heruntergelassenen Jalousien vorbeizog, leere Tage, in denen Evanna sich durch eine Schule, später ein Studium, quält ohne es wirklich wahrzunehmen, ohne wirklich anwesend zu sein.

Von Menschen, die maskiert vorbeizogen und alle gleich aussahen, verschwendete Jahre in denen die Hoffnung immer mehr einer betäubenden Resignation wich, bis selbst das Treffen der wenigen Freunde mehr und mehr zu einer routinierten Schuldigkeit verkam, zu der ihr immer mehr der Bezug entglitt.

In ihrem Herzen trug sie den Wunsch nach einer anderen Wirklichkeit, ja vielleicht sogar einer anderen Ebene, einem göttlichen, übermenschlichen Ort, von dem sie schon manchmal in ihren bedeutendsten und schönsten Träume gekostet hatte, wie sie nur Nächte hervorbringen konnten, in denen sie vor Einsamkeit beinahe vergangen war.

Und als Evanna Eric schließlich beschrieb, wie es für sie am gestrigen Abend gewesen war, wie sie der Abgrund selbst dann noch verfolgte, als sie mit Freunden unterwegs gewesen war, konnte sie sich nicht länger zurückhalten und ließ ihren Kopf sanft auf Erics Seite fallen, während sie einen Arm um ihn legte.

Dieser meinte mit ernstem Ausdruck, dass er noch nie zuvor ein Mädchen getroffen habe, das eine so herzliche aber doch traurige Art an den Tag lege und Evanna kam es nicht seltsam oder dahingesagt vor.

Beim Anbruch der Nacht lagen sich dann beide in den Armen und sprachen kein Wort mehr.

Sie schloss die Augen und nahm sofort den Hauch des überirdisch Schönen wahr, einer Schönheit bar jeden menschlichen Bewusstseins, der sie sich, so empfand sie, in eben diesem Moment zum ersten Mal wirklich nähern durfte, ohne, dass sie mit dem abruptem Erwachen am Morgen eines grauen Alltag bezahlen musste.

Es war kaum kälter geworden als Evanna, die noch nie zuvor geküsst hatte, überrascht feststellen musste, dass sie sich schon über eine Stunde lang küssten.

Kurz blickte sie in Erics weiches Gesicht, auch er hatte die Augen aufgeschlagen und ohne sich voneinander zu lösen oder ein Wort zu sagen begriff Evanna, dass sie soeben einen Weg gefunden hatte ihrem Leben zu entfliehen; so lange sie nur nicht aufhören würden sich zu berühren.

Da war nichts, was Evanna vor Eric verbergen wollte, nichts das ihr unangenehm zu sein brauchte.

Als habe sie es nie zuvor vernommen, atmete Evanna das stehende Gewässer ein an dessen Ufer sie lagen, das Schilf, der träge Atem des Sommers gepaart mit den süßlichen Verheißungen der noch jungen, milden Nacht, Erics Haut, die von leichtem Schweiß durchzogen war und sogar ihren eigenen Geruch, wie er sich so klar und rein mit all dem verband was um sie war.

Immer fester hielt sie ihn umklammert, selbst dann noch, als er ihr langsam die Oberteile auszog und sich nicht im Geringsten an den vielen Narben, die ihre Arme zierten, störte.

Wieder schloss sie die Augen und spürte, wie sie sich immer mehr von ihrem bedeutungslosen, irdischen Leben löste um Teil von etwas so viel größerem zu werden.

Das Gefühl verstärkte sich mit jedem Moment der verstrich und als er schließlich in sie eindrang, verbanden sich zum ersten mal beide Welten und Evanna fühlte, wie sie, indem sie sich selbst hingab, endlich einen dauerhafte Möglichkeit besitzen würde ihrem Leben entfliehen zu können.

Es war tiefste Nacht als Evanna wieder in ihre Wohnung zurückkehrte.

Die Farben um sie herum wirkten seltsam und unförmig als sie sich, noch immer von einem nie gekannten Glücksgefühl erfüllt, einen Song einschaltete, der ihr schon den ganzen Abend während sie zusammen gewesen waren unbewusst im Kopf herumgespukt war.

Keine zwei Minuten später vibrierte ihr Handy.

>>Ich liebe dich, schlaf gut!<<

Bald schon würden sie sich wieder sehen!

Zum ersten mal seit 15 Jahren schlief Evanna mit einem Lächeln im Gesicht ein.

Der Regen war wieder etwas schwächer geworden und die Temperatur sank nun rapide, während man von Fern das dumpfe Grollen eines nahenden Gewitters vernehmen konnte.

Joshua schwieg zunächst und kratzte sich am Hinterkopf: „Weißt du, ich gehe einfach mal davon aus, dass du, nachdem dus dann ja hinter dir hattest, endlich ein bisschen runder gelaufen bist!"

Schon als er die Worte ausgesprochen hatte bereute er sie, doch zu seiner Überraschung lachte Evanna ihn aus:

„Von wegen, ich hab meiner Zwanghaftigkeit nur ein neues Gesicht verpasst! Du weißt genau wohin das alles geführt hat!"

„Dann haben wir uns beide von irgendwelchen Menschen abhängig gemacht, das passiert doch laufend! Aber während dich irgend so ein Vollidiot einmal durchgeknattert hat, habe ich tatsächlich viel Zeit mit Melissa verbracht, mit einer Vorstellung wie unser gemeinsames Leben aussehen sollte!" Er sehnte sich wirklich nach einem Bier.

„Irgendwie hab ichs geschafft, mich heute Nacht vor diesem letzten Kapitel zu drücken und das, obwohl mein Abgang für morgen feststeht!"

Er seufzte schwer, erhob sich, setzte sich an den Schreibtisch und startete den Computer, dann wandte er sich wieder Evanna zu, deren Augen, nun wieder fest sichtbar, ihm überrascht und interessiert gefolgt waren.

„Das einzige Kapitel in dem ich mich nicht selbst beweihräuchern, sondern wirklich unsere Trennung erzählen wollte und ich habs einfach nicht über mich gebracht! Ich tauge nichtmal dazu, also erspar mir lieber die Geschichte von deinem letzten Stündchen!"

„Mir kommen die Tränen!" sagte Evanna und konnte sich ein diebisches Grinsen nicht verkneifen, während Joshua, mit der linken resigniert abwinkend, mit der anderen Hand das Dokument auf der Computeroberfläche öffnete.

Er scrollte zur letzten Seite runter, hasste sich noch einmal ausgiebig selbst dafür und begann das letzte Kapitel zu schreiben.

Es war einer jener langen Spaziergänge an einem besonders zugigen Septembernachmittag, die Melissa und ich immer so gerne machten.

Nachdem sie mir bei den letzten Gelegenheiten immer, entweder durch eine spöttische Bemerkung oder einen vielsagenden Blick, ausgewichen war wenn ich die neue Wohnung, die ich für uns ins Auge gefasst hatte, ansprach, schnitt ich das Thema nun nicht mehr an.

Dabei war sie wirklich günstig gelegen, auch wenn der Betonklotz, in dem sie lag, von außen eher roh wirkte.

Die Vermieterin hatte erklärt, dass sie bis vor kurzem einer jungen Erwachsenen gehört habe, die überraschend ausgezogen sei und dass deshalb alles in tadellosem Zustand wäre.

Mir gefiel sie auf Anhieb, doch Melissa hatte sich bisher nicht geäußert und so spazierten wir schweigend durch den Park, während der Wind immer wieder Blätter von den Bäumen wehte und ungemütlich an unseren Mänteln zerrte.

Als wir schließlich, noch immer ohne ein Wort gesagt zu haben, stehen blieben und uns ansahen, wusste ich, dass ich verloren hatte.

Und etwas starb zwischen uns.

Geahnt hatte ich es schon seit Wochen, schon vor vielen Nächten hatte sich Melissa in unserem gemeinsamen Bett ein privates

Refugium geschaffen, in das ich mich nicht hineintraute wann immer wir uns schlafen gelegt hatten.

Unsichtbar und ohne mir jemals ein Wort gesagt zu haben; doch wenn ich nachts in der Dunkelheit wach lag und es nicht wagte sie anzurühren, brannte sich die Gewissheit immer tiefer ein.

Morgens hatte sie sich schon lange nicht mehr darüber gefreut, dass wir gemeinsam dalagen und auch die lieben Worte, die sie mit mir teilte, wurden mit jedem Tag weniger.

Doch selbst am Tag unserer Trennung konnte ich nicht umhin zu bemerken, was für ein herrlicher Mensch sie war.

Da lag keine Verachtung in ihren Augen, keine Wut aber auch kein Zweifel und eine Kälte wie ich sie bei Melissa noch nie vernommen hatte.

Ich dachte daran, was wir uns für ein Versprechen gegeben hatten, damals, als wir uns so innig auf dem kleinen Balkon ihrer Wohnung geliebt hatten, dass besorgte Nachbarn ihre Köpfe aus den Fenster gesteckt hatten.

Ich hasste uns beide dafür.

„Wo immer du auch hingehen wirst, ich werde an deiner Seite bleiben!" hatte Melissa damals gelogen und ich hatte ihr geglaubt.

Eine kleine Familie mit einem bellenden Hund lief langsam an uns vorbei und der Herbst streckte seine klammen Finger immer weiter nach uns aus, während wir uns noch immer ansahen.

Mein Herzschlag verlangsamte sich als die Stille wieder größer wurde und der Moment sich immer weiter hinauszögerte.

Geistesabwesend nickte ich und Melissa verstand.

Kurz hob sie ihre Hand, zog sie dann aber wieder langsam zurück.

Dann nickte auch sie sanft und wandte sich ab.

Ich sah ihr noch nach wie sie die Holzbrücke überquerte, die über den kleinen Fluss führte der den Park durchzog und wie sich ihr grauer Mantel dabei leichte im Wind aufbäumte.

Dann war Melissa verschwunden.

Während Joshua die letzten Sätze eingegeben hatte, war Evannas Geist vom Bett aufgestanden und hatte ihr Arme um seine Schultern gelegt, was er nun deutlich spüren konnte.

„Weil ich es so will!" sagte Evanna mit vielsagendem Lächeln auf seinen verwunderten Blick hin.

Draußen tobte jetzt das Gewitter, Blitze durchzuckten den tiefschwarzen Himmel und schwerer Regen wurde gegen das Fenster und das Dach gepeitscht.

Joshua blieb sitzen und starte auf den Bildschirm, tief in Gedanken versunken.

Es hatte damals keinen Streit gegeben, kein böses Wort, kein dramatisches Nachspiel.

Melissa hatte sich einfach entschieden weiterzuziehen, sich zu befreien und einen anderen Abschnitt ihres Lebens zu erforschen, während er seine ganzes Dasein auf Melissa ausgerichtet hatte.

Ihre Trennung hatte ihn nirgendwo anders hingeführt als den Rand seines Lebens, in die Sucht, die Verzweiflung, die absolute Isolation.

Er hatte danach nie wieder eine andere getroffen, hatte er sich doch selbst auferlegt dafür zu büßen, dass er die schönsten Monate seines Lebens bereits hinter sich gebracht hatte.

Und so lange er den Schmerz über seinen Verlust nicht zuließ und ihn immer weiter in Alkohol ertränkte, würde er bis in alle Ewigkeit an sein Schicksal gebunden sein.

Joshua wusste, dass er die Konfrontation nicht ertragen würde, selbst in dieser Nacht, nachdem alles gesagt und getan war und er sich bereit fühlte den letzten Schritt zu tun.

Ihm wurde schwindelig und für einen Moment fühlt er sich, als würde er sich über seine Tastatur erbrechen müssen, doch Evanna nahm ihn mit überraschend festen Griff am Arm und führte ihn zurück auf sein Bett, während der Donner draußen dröhnte und neue Blitze immer näher am Haus niedergingen.

Als Joshua wieder dalag hatte er das Gefühl sein ganzes Zimmer würde sich drehen, was vom grellen Zucken der Blitze noch verstärkt wurde.

Verzweifelt hielt er sich an Evanna fest und vergrub sein Gesicht in ihrer Seite, worauf sie begann ihm sanft übers Haar zu streichen.

Joshua erblickte, was sie schon den ganzen Abend mit sich getragen hatte:

„Sry, heute Abend ist spontan ein alter Kumpel vorbeigekommen und wir sind gerade noch am Zocken, vielleicht komm ich um 22 Uhr kurz on"

Evanna hatte die SMS schon vor 6 Stunden erhalten, inzwischen war es 2 Uhr nachts geworden und Erics Symbol im Messenger war noch immer rot.

Unentschlossen drehte sie ihr Handy zwischen den Fingern.

Seit ihrem Treffen waren nun beinahe zwei Monate ins Land gegangen und inzwischen hatte Eric das Wiedersehen schon viermal verschoben.

Als Evanna an diesem Abend gerade aus der Dusche gestiegen war, hatte sie die SMS mit Erics plumper Entschuldigung erhalten.

Vor dem Videospielabend war es eine 80er Jahre Party gewesen auf die Eric gegangen war, dann eine spontane Nachtschicht und davor eine starke Grippe.

Evanna wusste natürlich längst was Eric tatsächlich davon abhielt sie erneut zu sehen, sie ahnte, dass sie hoffnungslos verarscht worden war, doch noch immer krallte sie sich an den winzigen Strohhalm, den sie sich an ihrem gemeinsamen Abend geschaffen hatte:

Eric hatte sie geliebt, er hatte sich nicht verhalten wie jemand der nur auf eine schnelle Nummer aus gewesen war, er hatte sie weiter gebracht als jemals irgendein anderer Mensch.

Was hätte sie für eine weitere Nacht mit Eric nur gegeben; Evanna war ihm hoffnungslos verfallen und es kümmerte sie nicht im Geringsten.

Näher noch als jemals zuvor sah sie den Abgrund vor sich klaffen.

Vielleicht würde sie es jetzt schaffen ihn unbeschadet zu überstehen, vielleicht wuchsen ihr, wenn sie sich den Moment des bedingungslosen Glücks noch einmal in all seiner Schönheit in Erinnerung rufen konnte, Schwingen, die sie darüber hinweg trugen.

Als Evanna Erics Nummer gewählt hatte, läutete es nur einmal bis er abnahm.

Aus der Art wie er sprach hört sie sofort heraus, dass er bemühte war nicht loszulachen.

„Oh, Evanna, ja, wir haben uns wohl etwas verzockt!"

Im Hintergrund hörte sie das Schnauben einer weiteren Männerstimme die sie nicht kannte, sowie das Midi-Gedudel irgendeines alten Videospiels.

Wieder dieses Prusten:

„Und, alles klar bei dir?"

„Eric, du fehlst mir!" hauchte Evanna, obwohl sie genau wusste dass es das letzte war was Eric interessieren würde oder hören wollte.

„Ich hab mich so auf heute Abend gefreut!"

An dem Wiehern im Hintergrund erkannte sie, das Eric wohl die Lautsprecherfunktion eingeschaltet haben musste, er selbst konnte sich nur mühsam vom Loslachen abhalten und rang nach Worten, während die trunkene Männerstimme im Hintergrund rief:
„Das ist die kaputte Schlampe, die du vor kurzem geknackt hast?"

Eric konnte sich nicht mehr Zurückhalten und Evanna hörte ihn noch ein paar Sekunden in schallendes Gelächter ausbrechen, bis er aufgelegt hatte.

Geistesabwesend schleuderte sie ihr Handy gegen die Wand, sodass die Akkuklappe abbrach und beides polternd zu Boden fiel.

Vielleicht konnte sie den Sprung wirklich schaffen und vermutlich hatte Eric ihr schon alles gegeben was sie brauchte, um den Absprung heil zu überstehen, und sie hatte es nur noch nicht begriffen.

Was hatte sie denn erwartet?

Das sie beide zusammen alt wurden, einen Haufen Kinder in die Welt setzten und auf Jahrzehnte hinaus auf demselben hohen Niveau glücklich sein würden, selbst im hohen Alter noch? Bewies das Leben nicht jeden Tag aufs Neue, dass es keine Liebe gab die lange bestehen konnte, das jeder nur für sich stand und dass es galt den Moment auszukosten, weil sich für jeden Tag im Himmel die Hölle für unbestimmte Zeit auftat? Nein, sie war nicht wütend auf Eric, Evanna verstand was er getan hatte, wusste, dass sie selbst womöglich nicht anders gehandelt hätte und insgeheim dankte sie ihm dafür, dass er sie überhaupt angenommen hatte.

Für Nächte in denen sie besonders unruhig dalag und keinen Schlaf finden konnte, hatte ihr Arzt ihr Tabletten verschrieben, ein starkes Sedidativum, das nach maximal zwei Tabletten innerhalb einer Stunde seine Wirkung soweit entfaltete, sodass sie unter jedweden Umständen einschlief.

Evanna ging in ihr Badezimmer und holte die Packung aus dem Spiegelschrank hervor, dann nahm sie eine Tablette ein um ihren aufgewühlten Gemütszustand etwas abzumildern und genehmigte sich einen großen Schluck Wasser.

Wieder in ihrem Zimmer sah sie aus dem Fenster, hinaus auf den in orangenes Straßenlaternenlicht gebetteten Innenhof, der still und immer gleich dalag.

Eric war vermutlich schon wieder ins Trinken und Spielen vertieft.

Hatte er sie schon vergessen?

Das Medikament zeigte keine Wirkung und Evanna nahm eine zweite Tablette ein, dann griff sie nach der Schachtel und der Wasserflasche und ließ sich auf ihr Bett fallen.

Sie schloss die Augen und versuchte sich zu konzentrieren, versuchte sich noch einmal die vielen Gerüche der Nacht mit Eric in Erinnerung zu rufen, seine zärtlichen Berührungen, das Gefühl vollkommen befreit zu sein.

Doch wieder sah sie nur wie sich vor ihr der Abgrund auftat, gähnender und finsterer als jemals zuvor.

Sie nahm eine dritte Tablette während sie Tiefe und Distanz einzuschätzen versuchte.

Würde sie den Sprung schaffen?

Sie wusste, dass sie nur eine einzige Chance hatte zu entfliehen.

Nach zwei weiteren Pillen fühlte sie eine seltsame Wärme in sich aufsteigen und plötzlich kam ihr die Schlucht nicht mehr besonders bedrohlich vor; was war schon dieses kleine Stück Land im Vergleich zu all dem, was sie bald schon schauen und fühlen würde?

Wieder durchlebte sie die Nacht im Schilf, wie sie sich geliebt hatten, wie Evanna für diesen kurzen Augenblick alles ausblenden konnte, was sie nicht fühlen wollte. Evanna spürte einen starken Rückenwind der sie unbeschadet auf die andere Seite bringen würde und sie wusste, dass der Moment nun gekommen war während sie sich in ihrem Bett, noch als sie das Bewusstsein für immer verlor, sanft selbstbefriedigte ohne es zu merken.

Sie breitete ihre Schwingen aus und sprang.

Als Joshua früh am nächsten Morgen erwachte, war das Gewitter längst weitergezogen und über allem lag ein grauer Schleier aus blassem Morgenlicht, das hinter dunklen Wolken verborgen blieb.

Evanna war nicht mehr da.

Als er sich erhob, hatte er zum ersten Mal seit Melissas Fortgang keine stechenden Kopfschmerzen mehr beim Aufstehen und auch seine Eingeweide revoltierten nicht.

Der Computer lief noch immer und nachdem Joshua die Maus etwas angestupst hatte, gab der Bildschirm die letzte Seite seines letzten Romans preis:

Ich sah ihr noch nach wie sie die Holzbrücke überquerte, die über den kleinen Fluss führte der den Park durchzog und wie sich ihr grauer Mantel dabei leichte im Wind aufbäumte.

Dann war Melissa verschwunden.

Joshua speicherte das Dokument ab und verschickte es in einer Email an seine Lektorin, dann blickte er aus seinem Fenster auf den kleinen, schattigen Innenhof hinaus.

Die Welt hatte sich nicht verändert.

Marian Nothing

Marian Nothing, Jahrgang 1990 und geboren in Berlin, schuf bereits seit der Oberschule gerne Gedichte. Diese Vorliebe, viel Information, in so wenig Text wie möglich zu verpacken, entwickelte sich von kleinen Anekdoten stetig weiter und konnte sich in dem Autorenclub Tübingen, manifestieren wo er durch einen Freund auf Gleichgesinnte traf.

Als Hobbydichter geht er dem Studium in Rhetorik, Philosophie und Sprachen, Geschichte und Kulturen des Nahen Ostens an der Universität in Tübingen nach.

Weitere Vorlieben sind das Kochen und das Schachspielen (wenn auch nur hobbymäßig).

Freundschaft ist:

Der Zeit zu dienen

und den Schmerz zu lieben

wenn uns je der Himmel gilbt

und wir in Tränen vor

dem Grabe stehen,

an dem wir später speisten

und um Tage weinten,

an den' das Himmelsgelbe uns entfloh

und in die Zeit entrückte,

in der die Wunden weilten

hoch und lichterloh.

Wohin also, mit all dem Wissen?

Wohin genau, mit der Erkenntnis?

Bricht das Herz, so bricht der Geist

und bricht der Geist, so bricht der Laib.

Daher lodere und brenne

und züngele und flamme,

denn willst du, schmilzt du

Alles zu Einem ein,

musst du ganz allein

zum Schluss, das liebende Inferno sein.

Die Sekunde

Mit dem Herzen in der Hand

und dem Tod auf dem Tisch,

begebe ich,

mich,

in des Wahnsinns Angesicht,

weil Blut verkriecht

und nichts erlischt,

so leicht,

wie Leben.

Stadttag

Mit dem Tag in der Hand
läufst du gespannt
durch die Straßen
ohne Rasen
und auch Wiesen
wo die Menschen
rasend gewesen
sind
und durch Überfluss
und Nichts
dein Herz verrußen.
Wo bleibt das Lich?

Lebenswind

Eine Kerze flackert und hustet
die Nacht ist kalt,
der Wind, der pustet
und fragt das Kerzelein: „Was ist?
Wo ist dein Schein? Hast du verloren
den Sinn deines Seins?"
Das Kerzelein rüttelt sich
und schüttelt sich
doch antwortet ganz heimelich:
„Kalt ist mir, die Sonne fern,
die Hoffnung fort.
Ach Wind, ich hätt so gern
einen Ort, ein Wort, an dem
ich,
als Flamm', als Lamm,
neben Anderen brennen kann.
Vielleicht ein Seelenfeuer
ein Partner, kein Ungeheuer."
Da blies der Wind und rief
und alles um ihn rum hing schräg und schief:
„Ich bin der Wind, ein Sturm,
ein Wahnsinnskind, ein Turm.

Willst du lieben oder leben,

in beiden Fällen musst du nehmen

und auch geben.

Nun flamm empor, gen Leben strebend

und brenne froh,

denn mit deinem Inferno,

wirst du lichterloh,

Iblis noch damit anstecken.

Der Krankheitsschleim

Leicht gebückt
und leicht entrückt,
schleicht katzenpfotenweich
der Schleim mit Krankheitskeim
durch Nächte, weil
der Menschen Schornsteinschächte
ein Heil
suggeriern.
Mich krächzender Müh
und ätzendem Schaum
vor dem Maul, erreicht
der Schleim ganz tot vor Müdigkeit,
den Raum, in dem er laich.
Rabenweiß und Feuerkalt
entspringt dem Schleim
der Schweiß,
denn Logik frisst der Schleim
und isst der Schleim,
bis nur ein Schrei'n,
die Reste der Grammatik
und des Reims zu einem
klebrigen keimenden Schleim

vereint.

Pfui

Entwicklung

Die Nächte ziehen, der Mut steht still

Schwerter pflügen Felder säen

kalt aus, den Samen der Furcht

liebend in der Ruhr.

Setz mir auf die Krone

denn von vor dem Throne

möchte ich fliehen.

Zeig mir schnell mein Lohne,

denn auch wenn ich wohne,

muss ich ziehen.

Wo ist der Mut, wo ist die Nacht?

Sie floh, floh zu dem Schacht und lacht,

über Wacht und Macht.

Hinaus, hinaus du Alb,

Menschen brauchen Schwerter

brauchen Werte und ein Kalb.

Wo sind bloß die Gewehre, schnell schnell heran

der Feind rückt näher, wir brauchen jeden Mann.

Er fiel er fiel, voran voran, fürs Vaterland.

Sieg oder Niederlage

Einmal eins bleib eins.

Die Nächte ziehen, der Mut steht still

Schwerter pflügen Felder…

Plumps

Ich geh durch Wälder

beleuchtet durch Mondesschein,

seh' ich einen Teich.

Ein schwarzer Umriss

wässert den Teich mit Tränen

da sitzt blasse ein Frosch.

Ich sitz am Teiche

beleuchtet durch Mondesschein,

seh' ich um mich Wald.

Ein schwarzer Umriss

nähert sich trauernd dem Teich

da steht blass ein Mensch.

Da sind im Teiche

die Seelen zweier Leichen

froh im Mondessschein.

Betrachtungen aus einem Kokon

Lasset Herzen höher schlagen,

himmelhochjauchzend jubelnd gülden Schmucke tragen,

Totengräber fein vermessen,

Lasst Bauernleichen fleddern, schänden, fressen.

Todesreigen unter Mondesschein,

tanzend, lachend ganz dem Wahnsinn sein.

„Spüret, spüret, Frost und Eis,

ja spürt ihr es nicht, den Teufelspreis?"

Blut und Samen, welch ein Fest,

preiset die Hufe und verbrennet den Rest!

Jaja, und all das nur mit einem Streich,

haha, sehet und hofft, es kommt das Edenreich.

Ja nun endlich,

Ketten über Ketten,

mehr noch, Ketten für die Netten,

gratis Ketten, sicher fest, für jeder Mann,

rufet friedlich nun diesen dreck'gen Menschenbann.

Doch lasst euch bloß nicht davon plagen,

„Glück auf!" heißts nämlich,

Lasset Herzen höher schlagen!

Lebenswache

Die Bilder sind ergraut, der Dämon ist erwacht,

ich brauche schnell den nächsten Rausch, bevor mein Geiste
mich verlässt.

Wo suche ich danach und finde nicht den Ġul,

der mich bisher bewahrt' und meinem Leben nie entfuhr?

Sein Finger mir im Hirn, bohrt er rum und zieht er raus;

das Haar, jede Windung, ja Erinnerung,

die wie Zwirn mir noch geblieben war und saugt sie auf

und spuckt sie aus,

mir ins Gesicht,

wo der Wahn geschrieben steht und spricht (auf Dämonenart)

„Wicht, dein Herz ist kalt,

dein Leben alt,

dein Licht verblasst und

meine Wacht, dir das,

zu nehmen, was du dir

im Leben angelacht

hast,

endet mit,

deinen,

Gebeinen

Doch gewähr ich dir EIN Gedicht,

mit dem dein Licht,

erst in Jahren erlischt."

Ich fluchte: „Sprich! Ich beschwöre dich."

Doch da fraß er die Kindheit und

hämisch lachte:

„Nun ists nicht mehr, kein Gedichte mehr."

Es war vorbei, ich erwachte.

The mirror

Glare upon thee
and speak what hath thou seen?
A corpse of masks groans in the mirror
playing tricks like clowns that chain theeself forever.
Look up look down, realize thy shack,
the muddy water rises
and flee to the end of that hare hole
you consider hell while weeping to
take thy masks off.
Embrace thy pain for it loves thee
and embody thy soul for it leaves thee
when that mirror turns pale and
shrieks in enlistment craving your life
for it burns blacker than you do.
And from out that mirror that leans
keeningly on the wall, shall your masks
be lifted….

To repent

Take my sin and take my hate

for forgiveness blights you all

when death and mind await to mate.

What is there left to see and feel

when soul of thee enlights thy heart?

Do you tremble? Do you crawl? Is awe not

the perception which befalls you all?

Awe is god and awe is youth

because the awe of now is the awe of truth.

But beware of enslaving thyself,

for a mad mask must you wear to enlifen yourself.

Peter Oliver Greza

Peter Oliver Greza schreibt seit mehr als zehn Jahren seine eigenen, meist sehr fantasylastigen Geschichten. Angefangen hat es mit einer Fanfiction zum bekannten Computerspiel „World of Warcraft", die auf große Begeisterung seitens seiner Leser stieß. Dadurch motiviert schrieb er immer mehr und auch ab und zu in anderen, realistischeren Settings.

Außer dem Schreiben geht er mehreren Hobbys nach, wie etwa dem Gitarrenspiel, der Fotografie und dem Live-/Pen&Paper-Rollenspiel. Momentan studiert er Allgemeine Rhetorik und Internationale Literaturen in Tübingen und arbeitet nebenher als Journalist.

Aurile

„Wahrheit ist etwas Verzweifeltes" – Tennessee Williams

Szene 1

Aurile richtete ihre Haare und wischte sich mit dem Handrücken den Schweiß von der Stirn. Während sie mit ihren schlanken Beinen in das enge dunkelblaue Kleid schlüpfte, lächelte sie dem Elfen namens Namor verschmitzt zu.

„Das war wohl nicht deine erste Nacht mit einem Mädchen in einem fremden Bett, oder?", fragte die Halbelfe. Die Sommersprossen in ihrem Gesicht unterstrichen den Schalk in ihrer Stimme.

Namor stützte sich auf die Ellenbogen und blickte Aurile mit funkelnden Augen an.

„Etwas Ähnliches kann ich wohl von dir annehmen, eh?"

Anstelle etwas einer Erwiderung klimperte die Halbelfe nur mit den Wimpern über den tiefen, violetten Augen. Sie zog das Kleid mit beiden Händen vor den Brüsten nach oben und wandte Namor den Rücken zu.

„Hilfst du mir, ja?", fragte sie ihn.

Namor lächelte, wühlte sich hastig aus den verschiedenen, verschwitzten Decken und stand auf. Betont langsam half er ihr, den Verschluss des Kleides zuzuknöpfen. Wie zufällig streifte sein Gesicht das feuchte, brünette Haar Auriles. Tief sog er den warmen, milden und aufregenden Geruch der Halbelfe in seine Brust.

„Fertig", sagte er und löste sich von ihr.

Aurile drehte den Kopf und schaute Namor tief in die Augen.

„Und wann wollen wir uns wiedersehen?", hauchte sie ihm fragend ins Gesicht.

Namor kniff die Lippen zusammen und ging etwas zurück.

„Ich glaube nicht, dass das möglich sein wird", sagte er, indem er die Hände vor der nackten Hüfte verknotete. „Es war sehr schön, so wie du, aber ..."

„Aber was?", fragte Aurile und drehte sich zu ihm um. Ihre Augen blitzten. „Ich kenne ein Argument, dass für weitere Abenteuer spricht", fuhr Sie fort und griff ihm ungeniert in den Schritt.

Namor verfluchte die männliche Anatomie und kam ins Schwitzen. Er durfte nicht zurückweichen, musste stark bleiben. Fieberhaft suchte er nach einem gelungenen Ausweg. Er suchte einige Momente zu lang. Aurile verstärkte den Druck ihrer Hand. Sanft zwar, aber bestimmt. Namor stöhnte auf.

Die Halbelfe kam näher an ihn heran und legte ihm die freie Hand an die Wange. Sie blickte ihm erneut tief in die Augen. Sie öffnete gerade ihre schmalen, roten Lippen, doch bevor sie etwas sagen konnte riss Namor sich mit einer unfassbaren Willensanstrengung los. Schmerzhaft stieß er mit den Schenkeln an den Bettrahmen.

„Nein! Nein, ich kann nicht. Entschuldige, Aurile, aber ich …", begann Namor, prallte aber vor dem plötzlichen Ausdruck in den Augen der Halbelfe zurück. Zorn stand darin, und Hass, purer Hass. Doch so plötzlich, wie er erschienen war, verschwand er wieder. Tränen lösten ihn ab. Liefen über die weiße Wange Auriles, die reglos vor ihm stand.

„Ich …", wollte Namor erklären, doch Aurile unterbrach ihn. Schluchzend, mit zitternden Lippen. „Nein, sag nichts. Geh. Geh einfach", sagte sie und drehte sich um. Ihre Schultern bebten.

Namor blieb einige Momente ratlos im plötzlich kalten Raum stehen. Dann holte er wortlos Luft, packte seine Klamotten und ging.

Aurile wartete, bis sich die Tür mit einem leisen Seufzen geschlossen hatte, dann drehte sie sich zum Fenster und blickte Namor hinterher, der mit gesenktem Kopf von ihrer Wohnung weg trottete. In ihren tiefen, violetten Augen funkelte kalter Hass.

„Du wirst deine Worte bereuen", flüsterte sie. „Bald schon wirst du mich lieben, und dann wirst du deine Worte bereuen."

Szene 2

Trockenes Papier raschelte und alte Gelenke ächzten, als der Elf mit den schütteren schwarzen Haaren eine Seite des dicken, staubigen Wälzers umblätterte. Alles an dem Elfen sah alt und zerbrechlich aus, eingenommen seiner Gestalt. Er stand gebeugt über dem Folianten, beide Arme auf die Seiten des Ständers aufgestützt. Er wirkte seltsam gestaucht, als ob er seit unermesslichen Zeiten ein Gewicht tragen müsste, das ihn langsam aber sicher zu Boden drückte.

Eine Zeit lang war in der von flirrenden Partikeln durchsetzten Luft des kleinen Raumes nichts weiter zu hören als die langsamen und unregelmäßigen Atemzüge des Alten. Als der Archivar Dontios sich schließlich vom Ständer aufrichtete, knackte sein Rücken als würde er in hundert Stücke zerbrechen. Dontios verzog sein in vielen Falten liegendes Gesicht und drückte die Hand in das schmerzende Kreuz.

Er schlurfte zum einzigen Fenster des Raums, durch das einige Strahlen der Mittagssonne fielen und den spielenden Staubpartikeln eine schwebende Bühne schufen.

Mit einem flachen, reißenden Seufzen blickte er nach draußen. In einigen Minuten würde der Unterricht mit den einzigen beiden Schülern beginnen, die er zurzeit hatte. Aurile, die Halbelfe und Namor. Dontios seufzte erneut. Tiefer dieses Mal, schürfend.

Aurile war, und das war die Wahrheit, ein Miststück. Die Halbelfe war manipulativ, gerissen und hinterhältig. Sicher war das auf ihre Vergangenheit zurückzuführen, doch Dontios wusste, dass der Großteil der Falschheit im Charakter des Mädchens festsaß. Sie hatte sich im überaus hübschen Körper der zierlichen Gestalt eingefressen und sich fest mit dem Herz verbunden. Wollte man die Verderbtheit aus Aurile holen, würde man unweigerlich etwas von ihrem Inneren mit hinaus reißen.

Die Falschheit war zum eigentlichen Wesen der Halbelfe geworden. Untrennbar vom hübschen Äußeren, wie es leider so oft der Fall war. Dontios hatte sich damit abgefunden, Aurile nicht retten zu können. Er musste also versuchen, andere vor ihr zu schützen.

Dem Alten entrang sich der nächste Seufzer. Namor war alles andere als aufnahmefähig, wenn es um die Wahrheit ging. Der Junge war im Grunde kein schlechter Mensch, pragmatisch und einfach gestrickt zwar, dabei aber grundsätzlich hilfsbereit und ehrlich.

Doch wo bei Aurile die Falschheit ein Bollwerk um ihre Gefühle aufgebaut hatte, war bei Namor ein luftleerer Raum, der sich mit allem füllte, was sich ihm anbot. Namor zog Lügen, Intrigen und falsche Versprechungen an und nahm sie auf, wie Ameisen es mit vergifteten Honig taten, ohne jemals zu verstehen, woran sie zugrunde gingen.

Dontios tat alles, was in seiner Macht stand, um diesen Platz mit Wahrheiten und nützlichem Wissen zu füllen. Doch allzu selten nur ist die Wahrheit angenehmer als Lügen, und seien sie noch so durchschaubar.

Doch noch hatte Dontios den Kampf nicht aufgegeben. Heute stand eine weitere Schlacht bevor, der Archivar spürte das.

Ein Seufzen und Ächzen füllte die Stille, als Dontios sich vom Fenster abwandte und zur Tür schlich. Leise fiel die Tür hinter ihm ins Schloss. Das Holz hob sich aus der Umgebung hervor, machte auf sich aufmerksam. Doch die Klinke und die Angeln der Tür, obwohl niemals ausgetauscht, waren wie neu, unbenutzt.

Szene 3

„Namor bleib', ich will mir dir reden", sagte Dontios leise. Namor zuckte beinahe unmerklich zusammen. Aurile warf ihre Haare zurück und schenkte Namor im Gehen ein Lächeln. Es war bezaubernd. Es kam von Herzen. Es war grauenhaft. Langsam, ruckartig, als ob es ihn schmerzen würde, löste sich Namor von ihrem Anblick.

„Ich muss mit dir reden, Namor", wiederholte Dontios und näherte sich Namor bis auf Armlänge. „Hm", machte Namor und blickte auf seine Hände.

„Du kennst doch die Vergangenheit der Halbelfe, die versucht, dich zu umgarnen, oder nicht?", fragte Dontios.

Namor nickte. „Du nickst", sagte Dontios etwas verärgert. „Aber ich glaube, du verstehst nicht, willst nicht verstehen!" Er holte Luft. „Aurile hat den langsamen Verfall und schließlich den Tod ihres eigenen Vaters miterlebt, als sie noch viel zu klein gewesen war, um die Zusammenhänge richtig zu verstehen. Zusammenhänge, die übrigens auch von weisen Greisen noch schwierig zu durchblicken gewesen wären. Ihre Mutter hat mehrmals versucht, die ungeborene Frucht ihres Leibes zu töten, weil sie den Gedanken nicht ertragen konnte, von einem Elfen geschwängert worden zu sein, mit dem sie doch nur Spaß haben wollte! Auriles Vater aber hat ihre menschliche Mutter aufrichtig geliebt. Er hätte ihr die Abtreibung wahrscheinlich sogar zugestanden, hätte er die ungeborene Aurile nicht noch mehr geliebt als die Mutter. Nach der Geburt verschwand Auriles Mutter fast augenblicklich, ohne sich auch nur einen Gedanken lang um das Kind zu kümmern."

Dontios beobachtete Namor, der nach wie vor damit beschäftigt war, seine Finger zu betrachten. Er beschloss, deutlicher zu werden.

„Namor, Aurile ist eine falsche Schlange! Jedes zweite Wort, das aus ihrem schmallippigen Mund kommt, ist eine Lüge!"

Der junge Elf blickte auf. Er hatte seinen Mund zusammengekniffen und ein beunruhigendes Feuer brannte in seine Augen. „Aurile hat keine schmalen Lippen", sagte er mit ruhiger Stimme.

Dontios stutzte. Hatte Namor ihm überhaupt richtig zugehört? „Aurile liebt dich nicht, Namor! Sie spielt nur mit dir! Sie wird dich benutzen und dich dann fallen lassen, wie verfaultes Obst!"

„Nein!", schrie Namor und ballte die Hände zu Fäusten. Dontios erschrak über die Heftigkeit der Reaktion. „Nein!", wiederholte Namor. „Ich habe Aurile verletzt, als ich … sie einfach so verlassen habe. Ich will das wieder gut machen! Ihr hättet sie sehen können, ihr versteht gar nichts! Gar nichts!"

Dontios geriet in Panik. „Namor! Namor, nein! Siehst du denn nicht, was Aurile für ein Spiel mit dir treibt!" Auch Dontios wurde nun lauter. „Sie will es dir heimzahlen! Sie ist nicht traurig, ich weiß nicht einmal, ob sie zu Gefühlen wie diesen fähig ist!"

Namor wurde rot. Er schrie. „Haltet den Mund! Haltet den Mund, alter Mann!" Einen Moment lang hatte es den Anschein, als ob der Junge seinem Lehrer an den Hals gehen wollte. Doch im Augenblick der höchsten Spannung, als man beide schon am Boden liegen sah, wandte er sich ab und lief davon.

Szene 4

„Was wollte der alte Mann von dir, Namor?", fragte Aurile bei-läufig.

„Ach", antwortete Namor „Er hält dich für böse. Für falsch, hinterrücks und verzweifelt. Und er hat behauptet, du hättest schmale Lippen."

Aurile zog die wunderschönen Augenbrauen sanft in die Höhe.

„Und was hast du gesagt?", fragte sie.

„Dass du keine schmalen Lippen hast", antwortete Namor ver-schmitzt lächelnd.

Die Spannung in Auriles Gesicht löste sich. Sie lachte leise.

„Wie recht du hast. Ich habe nun wirklich keine schmalen Lip-pen." Aurile schmiegte sich während des Gehens an Namor. „Und was war dann noch?", säuselte sie ihm ins Ohr.

„Nun", sagte Namor. Er zitterte ein wenig. „Nicht viel. Ich habe ihn stehen gelassen, ich brauche sein Geschwätz ja nicht."

„Dann hat Dontios nichts gemacht, außer über meine Lippen zu schimpfen?"

„Ach, nichts, was der Rede wert war", versuchte Namor aus-zuweichen.

Aurile gab ihm einen leichten Stoß. „Erzähl schon, ich will alles wissen!"

Namor konnte sich der Mischung aus ihrem Geruch, der auf-geflammten Liebe und ihrem sanften, aber bestimmten Drängen nicht verschließen.

„Er hat von deiner Familie erzählt ...“, begann Namor. Doch Aurile unterbrach ihn sofort.

„Was hat er?!“Aurile rückte von Namor ab. Plötzlich fühlte sich der Elf, als ob man ihm ein Bein abgerissen hätte. Um ein Haar wäre er gestürzt.

Er versuchte unbewusst wieder näher zu der Halbelfe zu kommen, doch Aurile wich noch weiter zurück.

"Was hat er dir erzählt?", hakte sie nach. "Sag' es mir!"

"Nicht viel! Eigentlich gar nichts!" Namor schrie beinahe. Er sah, dass Aurile ihm nicht glaubte. Er sah, dass er kurz davor war, sie zu verlieren.

"Er hat mir von deinem Vater erzählt, davon, dass du mit angesehen hast, wie er starb, davon, dass du das niemals verkraftet hast. Er hat gesagt, dass deine Mutter dich nicht haben wollte und dass du die Zusammenhänge nicht durchschau ...", sprudelte es aus Namor heraus. Aurile unterbrach ihn mit einer plötzlichen Handbewegung.

"Genug!", zischte sie. "Ich hatte nie eine Mutter. Mein Vater ist irgendwann aufgrund einer nie entdeckten Krankheit gestorben."

"Aber -", setzte Namor an.

"Still!", unterbrach ihn Aurile erneut. "Ich hatte nie eine Mutter und mein Vater ist an einer Krankheit gestorben. Hast du das verstanden?" Aurile funkelte Namor an. Abwartend, still, gefährlich.

Namor biss sich auf die Lippen. "Natürlich", sagte er kleinlaut. "Du hattest nie eine Mutter und dein Vater war erkrankt."

"Genau so war es", sagte Aurile. Etwas von dem Funkeln verschwand aus ihren Augen. Etwas. "Dontios lügt, um uns auseinander zu bringen. Nein, frage nicht, warum er das tun sollte, glaube mir einfach. Tust du das?"

"Ja!", beeilte Namor sich zu versichern. "Ja! Natürlich, ich liebe dich, Aurile!"

Ein Lächeln erschien aus dem Nichts auf Auriles zartem Gesicht. "Das weiß ich doch, Namor, das weiß ich doch." Sie hakte sich bei ihm unter. Ein Großteil der Spannung wich aus dem Körper des Elfen.

Dontios stand am Fenster im kleinen, staubigen Raum und schaute nach draußen. Er sah, wie Aurile und Namor sich unterhielten, wie Aurile plötzlich von Namor wich. Er seufzte. So ist es nicht richtig, Namor hätte sich von der Halbelfe entfernen müssen. So wird es nicht funktionieren. So kann es nicht funktionieren.

Dontios war nicht sehr überrascht, als sich Aurile dem Elfen wieder näherte und seinen Arm nahm. Dennoch seufzte er erneut. Der alte Elf verließ seinen Platz und verschwand im Halbdunkel des Raums.

Draußen war es Abend. Ein Sonnenstrahl kämpfte sich durch das dreckige Fenster, wurde tausendfach gebrochen und versickerte schnell in der staubflirrenden Luft des Zimmers.

Es gibt keine Grenzen mehr zu überschreiten. Alles, was ich gemeinsam habe, mit dem Unkontrollierbaren und Kranken, dem Gemeinen und Bösen, alles Schlimme, was ich verursacht habe, und meine totale Gleichgültigkeit dem gegenüber habe ich nun übertroffen. Mein Schmerz ist gleichbleibend und heftig.

Und ich hoffe für niemanden auf eine bessere Welt. Ich möchte sogar, dass mein Schmerz auch anderen zugefügt wird. Ich will, dass niemand davon kommt.

Aber selbst nachdem ich das zugebe, gibt es keine Katharsis. Meine Bestrafung entzieht sich mir weiterhin und ich komme zu keinen tieferen Einsichten über mich selbst. Aus meinem Erzählen kann kein neues Wissen herausgeholt werden.

Dieses Geständnis war völlig ... bedeutungslos.

- American Psycho

Katharsis

Die Holztüren des großen Gerichtsaals schwangen zur Seite und gaben den Blick auf einen schwarzgekleideten Mann frei, der von zwei Wachen begleitet wurde. Die Hände des Mannes waren mit Handschellen gefesselt. Dennoch zeigte sein unbewegtes Gesicht den Schatten eines spöttischen Grinsens.

Die Wachen setzten den Mann auf den Stuhl des Angeklagten und nahmen ihm die Handschellen ab. Der Richter thronte hinter seinem Pult und betrachtete die Unterlagen vor sich. Er nahm keine Notiz vom Geschehen.

Unvermittelt begann der Schwarzgekleidete zu sprechen: „Der drohende Ausschluss aus der Gesellschaft soll böse Menschen daran hindern, böse Taten zu begehen. Soziale Kontrolle nennt ihr das."

Der Angeklagte saß ruhig auf dem Stuhl, seine Hände lagen zusammengefaltet im Schoß.

„Und wenn die soziale Kontrolle versagt, tritt die Justiz ein, die Gerechtigkeit. Ich interessiere mich nicht für eure Gerechtigkeit. Ich interessiere mich nicht für euer Urteil. Es hat für mich keine Verbindlichkeit, keine Wirkung. Egal, zu welchem Entschluss Sie und Ihre Richterkollegen, die Anwälte, das Volk und die Gesellschaft am Ende kommen, ich werde diese Verhandlung durch die selbe Tür verlassen, durch welche Ich sie auch betreten habe."

Der Richter zog die Augenbrauen hoch und blickte den Angeklagten an. „So?", fragte er und senkte den Blick wieder auf seine Unterlagen. Haben Sie sich schonmal umgesehen? Sie können diesen Saal nicht so einfach verlassen, er ist -"

„Das ist eine Tatsache, Herr Richter", unterbrach der blasse Mann den Richter mit ruhiger Stimme. „Ich habe das nicht gesagt, um Sie zu provozieren oder zu beleidigen. Ich brauche mich nicht zu bemühen, um irgendwelche Emotionen hervor zu rufen. Ich spreche lediglich die Wahrheit aus."

Die Stirn des hochgewachsenen Richters fiel in tiefe Falten.

„Sie befinden sich auf dem Stuhl des Angeklagten", erinnerte er diesen. „Es ist sicherlich nicht an Ihnen, etwas als wahr oder falsch zu beurteilen. Diese Aufgabe und Bürde fällt heute mir zu."

„Nein", sagte der Angeklagte.

Der Richter verlor langsam die Geduld. „Hören Sie jetzt auf mit diesem Mummenschanz!"

Der Angeklagte zuckte mit den Achseln und blickte gleichgültig zum Podest des Richters.

„Gut", sagte der Richter. Er blickte wieder in seine Unterlagen. „Ihnen werden insgesamt 66 Straftaten vorgeworfen, allesamt Kapitalverbrechen. Das Protokoll sieht vor, dass Sie sich dazu äußern dürfen."

„Schuldig", sagte der Angeklagte.

Dieses Mal zuckte der Blick des Richters zum Angeklagten. Misstrauisch musterte der Justizvertreter den Mann. Es dauerte einige Momente, bevor er fragte: „Sie geben zu, all diese Straftaten begangen zu haben?"

„Ja", antwortete der blasse Mann. Die Hände nach wie vor im Schoß.

„Damit ...", der Richter zögerte einen Moment. „Damit wird die Dauer der Verhandlung um einige Stunden verkürzt, ich werde -" Er stockte. Der Angeklagte hatte den Blick plötzlich zur Decke gerichtet und fokussierte dort einen imaginären Punkt. „Träumen können Sie später!", herrschte er ihn dann an. „Senken Sie den Blick!"

Der Angeklagte löste den Blick von der Decke des Saals und legte den Kopf etwas schief.

„Es wird bald vorbei sein", sagte er. „Sie könnten gehen."

Der Richter musterte den Mann zum zweiten Mal. Hinter seiner Stirn arbeitete es.

„Noch haben Sie die Möglichkeit dazu", erklärte der Angeklagte und blickte wieder zur Decke.

Der Richter und die Menschen im Saal blickten verständnislos. Der Moment der Ruhe dauerte zu lange.

Irgendetwas stimmte nicht. Etwas *Falsches* trieb den Geräuschpegel im Saal in die Höhe. Es machte die Menschen unruhig. Brachte die Menschen zum Tuscheln.

Schließlich überwand der Richter seine Starre und schlug mit der flachen Hand auf den Tisch.

„Ruhe!", rief er mit belegter Stimme. Es half nicht. Die Menschen im Saal tuschelten weiter. Lauter.

Ein erneuter Schlag.

„Ruhe! Ruhe im Saal!" Der Richter schrie nun.

Das Tuscheln erstarkte zu einem tonlosen Murmeln.

Einen ratlosen Moment lang schaute der Richter in die Runde. Dann griff er nach dem Hammer.

„Ich sagte Ruhe!", brüllte er und ließ den Hammer fallen. Der Aufschlag ließ das Gebäude erzittern, Staub löste sich von der Decke, die Verstrebungen ächzten. Plötzlich herrschte Grabesstille.

Das Knarzen von Holz auf Stein durchzuckte den Saal. Alle Augen richteten sich auf den Angeklagten, der seinen Stuhl verlassen hatte und auf die Saaltür zuging.

Der Richter sprang auf. Es schien, als wolle er den Angeklagten aufhalten. Der jedoch bewegte sich nicht. Er blickte den Richter nur an.

Gerade öffnete dieser den Mund, als ihn ein lautes Knirschen innehalten ließ.

Als er nach oben blickte, riss er noch die Augen auf, bevor ihn ein Steinbrocken aus der Saaldecke zu Boden riss. Blutüberströmt blieb er liegen.

„Soziale Kontrolle", rezitierte der Schwarzgekleidete, während die Saaldecke erneut knirschte. „Nennt ihr den Ausschluss aus der Gesellschaft." Er blickte kurz über die versammelte, verängstigte Menge. Dann zum Platz des Richters. Das hölzerne Pult, die Tische und die Stühle zerbarsten in einer ohrenbetäubenden Explosion.

Scharfe Splitter durchlöcherten die Luft und zerrissen das Band der Lethargie. Wie auf ein unhörbares Kommando sprangen die Menschen von den Sitzreihen, schrien und liefen planlos und panisch umher, stießen sich um und versuchten, ihr Leben zu retten.

„Er soll bösen Menschen ebenjene Kontrolle vorenthalten", sprach der Mann inmitten der Hysterie weiter. Trotz dem Geschrei, der Panik und dem ohrenzerfetzendem Stakkato weiterer Explosionen war seine ruhige Stimme im ganzen Saal zu hören.

Die Masse kümmerte sich nicht darum. Kreischend wurde sie unter brennenden Holzbalken vergraben. Verwundete Menschen fielen zu Boden. Männer, Frauen, Kinder. Die Masse kümmerte sich nicht darum. Sie versuchte den Flammen zu entkommen, die in abartig kurzer Zeit im ganzen Saal wüteten.

Der Marmorboden des Saals wölbte sich und brach auf, Flammen peitschten gegen zerbröckelnde Mauern und die tragenden Gerüste und Stahlbetonwände beugten sich der unwirklichen Hitze.

Die Masse starb.

Ein Mann stand unter einem steinernen, rußgeschwärzten Türbogen. Vor ihm stapelten sich rauchende Trümmer. Der Schwarzgekleidete schritt durch Asche und Glut. Das Knirschen seiner Stiefel auf zerstörtem Holz und ausgebrannten Knochen stoppte abrupt, als er vor einem entstellten Körper stehen blieb.

Das unförmige Fleisch, da so wenig an einen menschlichen Körper erinnerte, lag unter einem großen Stein begraben. Ein letzter Funke Leben blickte den Schwarzgekleideten aus liderlosen Augen an.

„Dabei", sagte der Mann. „Habt ihr nicht einmal den Schimmer einer Ahnung davon, was Kontrolle bedeutet". Der Funke in den Augen des Richters verschwand.

Das allerletzte Klassentreffen

Leichter Nieselregen fiel auf das Land und überzog alles mit einer im Mondlicht glänzenden, zerbrechlichen Schicht. Lautlos bewegte sich der Mann im Schatten von Messingtafel zu Messingtafel. Sein langer Mantel wehte sanft bei jedem Schritt seiner dunklen Gestalt.

Bei jedem Flecken frisch umgegrabener Erde hielt der Mann kurz an und betrachtete die oftmals aufwändigen Grabsteine. Er ging die Gräber ab. Gräber, die seinetwegen gegraben worden waren. Er ging sie ab, als ob er sich vergewissern wollte, dass er sich an alle erinnert, dass er wirklich niemanden vergessen hatte. Schließlich wäre es schade, wenn an diesem letzten aller Klassentreffen nicht alle ehemaligen „Kameraden" zusammenkämen.

Doch er wurde nicht enttäuscht. 25 Grabsteine waren nebeneinander aufgereiht. 25 leblose Körper lagen darunter. 25 Menschen, die vor ihrem Ableben die Dreißig nicht überschritten hatten.

Sie alle hatten mehr als genug Zeit gehabt, um aus den Fehlern und dem unmoralischen Verhalten ihrer Schulzeit zu lernen. Und dennoch war keiner von ihnen jemals gekommen, um sich bei dem dicklichen, kurzsichtigen Jungen für all die Jahre der Qual zu entschuldigen. Nun war der Junge zu ihnen gekommen.

Ein Lächeln umspielte die Lippen der schmalen, drahtigen Gestalt. Kaum jemand hatte sich sofort an ihn erinnert. Stets erst im letzten Moment war ein Funken der Erkenntnis in den Augen seiner ehemaligen Mitschüler aufgeblitzt, bevor auch dieser für immer erloschen war. Es war so einfach gewesen.

Dunkelheit. Nur eine Taschenlampe erleuchtet die typische Mittelklasse-Wohnung. Die Lampe liegt auf gebohnertem Parkett, das sich von immer größeren Blutlachen rot färbt. Abartige Schmatzgeräusche sind zu hören, dazu ersticktes Keuchen und ein leises, stetiges Flüstern:

„Warum erstichst du dich selber? Warum erstichst du dich selber? Warum erstichst du dich selber?" Immer wieder stößt sich der dicke Mann das Messer scheinbar selbst in die Brust. Tatsächlich führt der Schatten hinter ihm die Hand des Mannes mit dem Messer.

Irgendwann ein blubberndes Stöhnen, als der dicke Mann blutüberströmt zu Boden fällt. Der hochgewachsene Schatten hinter ihm wirft achtlos das Messer auf den Sterbenden, hebt die Taschenlampe auf und drückt auf den Schalter. Dunkelheit.

Der Nieselregen wurde stärker. Die Gestalt zog sich die Kapuze tiefer ins Gesicht und wendete sich von den Gräbern ab. Wolken hatten sich vor den Mond geschoben. Matte Messingtafeln verkündeten 25 Namen. 25 Namen einer Klasse mit 26 Schülern. Doch er hatte schließlich noch nie dazugehört.

Nachwort

Danke. Danke, dass Sie dieses Buch gekauft und (hoffentlich) gelesen haben. Wir alle sind Autoren, deren Geschichten in dieser Anthologie die jeweils erste Veröffentlichung darstellten (bis auf eine glückliche Ausnahme). Daher gibt es wenig, was uns mehr bedeutet, als Aufmerksamkeit. Falls Sie Fragen zur Anthologie, bestimmten Autoren oder zu irgendetwas anderem haben, können Sie sich gerne an mich wenden (smogpaster@gmail.com).

Ansonsten bleibt nur, bis zur nächsten Anthologie zu warten, die sicherlich irgendwann erscheinen wird.

Und was soll eigentlich dieser Titel?

Das ist tatsächlich relativ einfach zu beantworten. In einer Anthologie ist es üblich, viele Geschichten zu einem gemeinsamen Thema zu sammeln.

Da wir aber zuerst die Geschichten gesammelt und danach nach einem Thema gesucht haben, war das bei uns etwas schwieriger. Es wurde aber sehr schnell klar, dass alle unsere Geschichten etwas Düsteres und eher Trauriges haben. Außer einer. Da wir diese eine Geschichte nicht ersetzen wollten, haben wir deren wichtigstes Element (den Trenchcoat) mit in den Titel aufgenommen. Voilà.

Der Herausgeber

Zeitfracht Medien GmbH
Ferdinand-Jühlke-Straße 7
99095 Erfurt, Deutschland
produktsicherheit@kolibri360.de